U0088139

別誤會，這個單字這樣用才對！

私藏日語
單字學習書
知ってるようでよく間違う
日本語単語帳

雅典日研所
◎
企編

你的日語單字用對了嗎？
快來檢查自己的日語單字力！

精選容易混淆誤用的單字
用清楚易懂的重點解釋
搭配例句説明用法
讓您清楚分辨每個單字的正確意思，
準確表達不出糗

50音基本發音表

清音　　　　　　　　● track 002

a ㄚ	i 一	u ㄨ	e ㄝ	o ㄛ
あ ア	い イ	う ウ	え エ	お オ
ka ㄎㄚ	ki ㄎ一	ku ㄎㄨ	ke ㄎㄝ	ko ㄎㄡ
か カ	き キ	く ク	け ケ	こ コ
sa ㄙㄚ	shi 丅	su ㄙㄨ	se ㄙㄝ	so ㄙㄡ
さ サ	し シ	す ス	せ セ	そ ソ
ta ㄊㄚ	chi ㄑ一	tsu ㄘ	te ㄊㄝ	to ㄊㄡ
た タ	ち チ	つ ツ	て テ	と ト
na ㄋㄚ	ni ㄋ一	nu ㄋㄨ	ne ㄋㄝ	no ㄋㄡ
な ナ	に ニ	ぬ ヌ	ね ネ	の ノ
ha ㄏㄚ	hi ㄏ一	fu ㄈㄨ	he ㄏㄝ	ho ㄏㄡ
は ハ	ひ ヒ	ふ フ	へ ヘ	ほ ホ
ma ㄇㄚ	mi ㄇ一	mu ㄇㄨ	me ㄇㄝ	mo ㄇㄡ
ま マ	み ミ	む ム	め メ	も モ
ya 一ㄚ		yu 一ㄩ		yo 一ㄛ
や ヤ		ゆ ユ		よ ヨ
ra ㄌㄚ	ri ㄌ一	ru ㄌㄨ	re ㄌㄝ	ro ㄌㄛ
ら ラ	り リ	る ル	れ レ	ろ ロ
wa ㄨㄚ		o ㄛ		n ㄣ
わ ワ		を ヲ		ん ン

濁音　　　　　　　　● track 003

ga ㄍㄚ	gi ㄍ一	gu ㄍㄨ	ge ㄍㄝ	go ㄍㄡ
が ガ	ぎ ギ	ぐ グ	げ ゲ	ご ゴ
za ㄗㄚ	ji ㄐ一	zu ㄗ	ze ㄗㄝ	zo ㄗㄡ
ざ ザ	じ ジ	ず ズ	ぜ ゼ	ぞ ゾ
da ㄉㄚ	ji ㄐ一	zu ㄗ	de ㄉㄝ	do ㄉㄡ
だ ダ	ぢ ヂ	づ ヅ	で デ	ど ド
ba ㄅㄚ	bi ㄅ一	bu ㄅㄨ	be ㄅㄝ	bo ㄅㄡ
ば バ	び ビ	ぶ ブ	べ ベ	ぼ ボ
pa ㄆㄚ	pi ㄆ一	pu ㄆㄨ	pe ㄆㄝ	po ㄆㄡ
ぱ パ	ぴ ピ	ぷ プ	ぺ ペ	ぽ ポ

拗音　　　● track 004

kya ㄎㄧㄚ		kyu ㄎㄧㄩ		kyo ㄎㄧㄡ	
きゃ	キャ	きゅ	キュ	きょ	キョ
sha ㄒㄧㄚ		**shu** ㄒㄧㄩ		**sho** ㄒㄧㄡ	
しゃ	シャ	しゅ	シュ	しょ	ショ
cha ㄑㄧㄚ		**chu** ㄑㄧㄩ		**cho** ㄑㄧㄡ	
ちゃ	チャ	ちゅ	チュ	ちょ	チョ
nya ㄋㄧㄚ		**nyu** ㄋㄧㄩ		**nyo** ㄋㄧㄡ	
にゃ	ニャ	にゅ	ニュ	にょ	ニョ
hya ㄏㄧㄚ		**hyu** ㄏㄧㄩ		**hyo** ㄏㄧㄡ	
ひゃ	ヒャ	ひゅ	ヒュ	ひょ	ヒョ
mya ㄇㄧㄚ		**myu** ㄇㄧㄩ		**myo** ㄇㄧㄡ	
みゃ	ミャ	みゅ	ミュ	みょ	ミョ
rya ㄌㄧㄚ		**ryu** ㄌㄧㄩ		**ryo** ㄌㄧㄟ	
りゃ	リャ	りゅ	リュ	りょ	リョ

gya ㄍㄧㄚ		gyu ㄍㄧㄩ		gyo ㄍㄧㄡ	
ぎゃ	ギャ	ぎゅ	ギュ	ぎょ	ギョ
ja ㄐㄧㄚ		**ju** ㄐㄧㄩ		**jo** ㄐㄧㄡ	
じゃ	ジャ	じゅ	ジュ	じょ	ジョ
ja ㄐㄧㄚ		**ju** ㄐㄧㄩ		**jo** ㄐㄧㄡ	
ぢゃ	ヂャ	づゅ	ヂュ	ぢょ	ヂョ
bya ㄅㄧㄚ		**byu** ㄅㄧㄩ		**byo** ㄅㄧㄡ	
びゃ	ビャ	びゅ	ビュ	びょ	ビョ
pya ㄆㄧㄚ		**pyu** ㄆㄧㄩ		**pyo** ㄆㄧㄡ	
ぴゃ	ピャ	ぴゅ	ピュ	ぴょ	ピョ

● | 平假名 | 片假名 |

前言

　　本書共分 5 個篇章，分別是基礎篇、比較篇、自他動詞、慣用語篇及敬語篇。基礎篇介紹從字面上容易誤解意思及用法的單字；比較篇則介紹看似相近或同義，但其實意思不同的易誤用單字；自他動詞篇介紹自動詞及他動詞的正確用法；慣用語篇列出易混淆的日文慣用語；最後的敬語篇，則是列出特殊用法的尊敬語和謙讓語。

　　每個篇章都配合詳細解說及實用例句，希望能讓您更正確有效地使用日語單字，從此不再說「怪怪的」日語。

基礎篇

自他動詞篇

慣用語篇

敬語篇

基礎 篇

しんぶん
新聞
shi.n.bu.n.
報紙

解説

　日文的「新聞」指的是「報紙」；「ニュース」才是新聞的意思。

實用例句

しんぶん　と
新聞を取っていますか？
shi.n.bu.n.o./to.tte./i.ma.su.ka.
有訂閱報紙嗎？

しんぶん　たた
新聞を畳みます。
shi.n.bu.n.o./ta.ta.mi.ma.su.
折疊報紙。

しんぶん　で
新聞に出ます。
shi.n.bu.n.ni./de.ma.su.
出現在報紙上。

しんぶん　よ
新聞で読みました。
shi.n.bu.n.de./yo.mi.ma.shi.ta.
在報紙上看到。

茶の間
ちゃ　ま

cha. no. ma.

客廳、起居室

解説

「茶の間」是客廳、起居室的意思，由於是全家相聚的地方，故「お茶の間」也可以借指家族。

實用例句

茶の間でテレビを見ます。
ちゃ　ま　　　　　　　　　み

cha.no.ma.de./te.re.bi.o./mi.ma.su.

在客廳看電視。

これはお茶の間向きの番組です。
　　　　ちゃ　ま　む　　　ばんぐみ

ko.re.wa./o.cha.no.ma.mu.ki.no./ba.n.gu.mi.de.su.

這是適合全家收看的節目。

家族全員が茶の間にいます。
かぞくぜんいん　ちゃ　ま

ka.zo.ku./ze.n.i.n.ga./cha.no.ma.ni./i.ma.su.

全家人都在客廳。

彼を茶の間に招き入れました。
かれ　ちゃ　ま　まね　い

ka.re.o./cha.no.ma.ni./ma.ne.ki.i.re.ma.shi.ta.

請他進客廳坐。

床
ゆか

yu. ka.

地板

解説

「床」是地板的意思，「ベッド」才是中文的「床」
的意思。

實用例句

床を張ります。
yu.ka.o./ha.ri.ma.su.
鋪地板。

雑巾で床を拭きます。
zo.u.ki.n.de./yu.ka.o./fu.ki.ma.su.
用抹布擦地板。

床を掃いてください。
yu.ka.o./ha.i.te./ku.da.sa.i.
請清掃地板。

床で寝てしまいました。
yu.ka.de./ne.te./shi.ma.i.ma.shi.ta.
不小心在地板上睡著了。

かれん
可憐
ka.re.n.
惹人憐愛

解説

　　「可憐」指的是可愛、惹人憐愛，等同於日文中的「可愛らしい」。「かわいそう」才是中文「可憐」的意思。

實用例句

可憐な少女です。
ka.re.n.na./sho.u.jo./de.su.
惹人憐愛的少女。

可憐な花に目を奪われました。
ka.re.n.na./ha.na.ni./me.o./u.ba.wa.re.ma.shi.ta.
被惹人憐愛的小花吸引了目光。

繊細で可憐なものが好きです。
se.n.sa.i.de./ka.re.n.na./mo.no.ga./su.ki.de.su.
喜歡細緻又惹人憐愛的東西。

繊細
せんさい

se.n.sa.i.

細緻

解説

「繊細」是敏感細緻的意思，通常是指細緻的物品、
動作，或是情感很敏感。

實用例句

彼女は繊細です。
かのじょ　せんさい

ka.no.jo.wa./se.n.sa.i.de.su.

她的情感很敏感細緻。

繊細な感覚です。
せんさい　かんかく

se.n.sa.i.na./ka.n.ka.ku.de.su.

敏感。

繊細な肌です。
せんさい　はだ

se.n.sa.i.na./ha.da.de.su.

敏感的皮膚。

この繊細なセーターは手洗いする必要があり
せんさい　　　　　　　　てあら　　　　　ひつよう

ます。

ko.no./se.n.sa.i.na./se.e.ta.a.wa./te.a.ra.i.su.ru./
hi.tsu.yo.u.ga./a.ri.ma.su.

這件毛衣很細緻，必需用手洗。

しゅうし
終始
shu. u. shi.

始終

解説

「終始」的語順和中文相反，中文是「始終」；日文則是反過來。

實用例句

しゅうしえがお た
終始笑顔を絶やさなかったです。
shu.u.shi./e.ga.o.o./ta.ya.sa.na.ka.tta.de.su.

始終都帶著笑容。

かのじょ きょうみ しゅうしおとろ
彼女の興味は終始衰えませんでした。
ka.no.jo.no./kyo.u.mi.wa./shu.u.shi./o.to.ro.e.ma.se.n.de.shi.ta.

她從頭到尾都不減興致。

しゅうし すわ
終始じっと座っていました。
shu.u.shi./ji.tto./su.wa.tte./i.ma.shi.ta.

始終都一直坐著。

かのじょ しゅうしわら
彼女は終始笑っていました。
ka.no.jo.wa./shu.u.shi./wa.ra.tte./i.ma.shi.ta.

她始終都保持笑容。

おおや
大家
o.o.ya.
房東

解説

「大家」是房東的意思；中文的「大家」在日文則是「皆」。

實用例句

毎月の家賃を大家さんに払っています。
ma.i.tsu.ki.no./ya.chi.no./o.o.ya.sa.n.ni./ha.ra.tte.i.ma.su.

每個月都付房租給房東。

偶然アパートの大家さんに出会いました。
gu.u.ze.n./a.pa.a.to.no./o.o.ya.sa.n.ni./de.a.i.ma.shi.ta.

碰巧遇到公寓的房東。

大家さんがエアコンの修理にやってきました。
o.o.ya.sa.n.ga./e.a.ko.n.no./shu.u.ri.ni./ya.tte.ki.ma.shi.ta.

房東來修冷氣了。

私藏日語 單字學習書

ふびん
不憫
fu. bi. n.

同情

解説

「不憫」是同情的意思；近似於中文「憐憫」的意思。

實用例句

彼女を不憫に思いました。
ka.no.jo.o./fu.bi.n.ni./o.mo.i.ma.shi.ta.

很同情她。

不憫だと思います。
fu.bi.n.da.to./o.mo.i.ma.su.

覺得很可憐。

あの子を不憫に思いました。
a.no.ko.o./fu.bi.n.ni./o.mo.i.ma.shi.ta.

覺得那個孩子很可憐。

不憫でなりません。
fu.bi.n.de./na.ri.ma.se.n.

不禁感到非常同情。

だいじょうぶ
大丈夫
da. i. jo. u. bu.

沒關係

解説

「大丈夫」是沒關係的意思。「丈夫」則是牢靠、堅固的意思。

實用例句

大丈夫ですか？
da.i.jo.u.bu.de.su.ka.

沒關係嗎？

これで大丈夫でしょうか？
ko.re.de./da.i.jo.u.bu.de.sho.u.ka.

這樣就沒問題了嗎？

もう大丈夫です。
mo.u.da.i.jo.u.bu.de.su.

沒問題了。

怪我は大丈夫ですか？
ke.ga.wa./da.i.jo.u.bu.de.su.ka.

傷勢好點了嗎？

勉強
be. n. kyo. u.
學習

解説

「勉強」是學習、用功的意思；「無理する」才是中文「勉強」的意思。

實用例句

勉強しなさい。
be.n.kyo.u.shi.na.sa.i.
快去念書。

勉強が嫌いです。
be.n.kyo.u.ga./ki.ra.i.de.su.
討厭念書。

勉強になりました。
be.n.kyo.u.ni./na.ri.ma.shi.ta.
學到東西了。

夜更けまで勉強します。
yo.fu.ke.ma.de./be.n.kyo.u.shi.ma.su.
熬夜念書。

是非
ぜ ひ
ze.hi.

務必

解説

　　「是非」是多半是用於「務必」的用法。另外也有「對錯」的意思。

實用例句

是非来てください。
ze.hi./ki.te.ku.da.sa.i.
請務必前來。

是非見てください。
ze.hi./mi.te.ku.da.sa.i.
請務必看看。

是非会いたいです。
ze.hi./a.i.ta.i.de.su.
希望務必能見上一面。

是非一緒に行きましょう。
ze.hi./i.ssho.ni./i.ki.ma.sho.u.
請務必一起去。

あやま
謝る
a.ya.ma.ru.
道歉

解説

「謝る」是道歉的意思，「ありがとう」才是謝謝的意思。

實用例句

私は謝ります。
wa.ta.shi.wa./a.ya.ma.ri.ma.su.
我道歉。

彼は私に謝りました。
ka.re.wa./wa.ta.shi.ni./a.ya.ma.ri.ma.shi.ta.
他向我道歉。

直接会って謝ります。
cho.ku.se.tsu./a.tte./a.ya.ma.ri.ma.su.
當面道歉。

彼に謝りたいです。
ka.re.ni./a.ya.ma.ri.ta.i.de.su.
想向他道歉。

よういう
用意
yo.u.i.
準備

解説

「用意」是準備的意思，和中文的「用意」略有出入。

實用例句

それは私が用意します。
so.re.wa./wa.ta.shi.ga./yo.u.i.shi.ma.su.
我來準備那個。

夕食の用意をします。
yu.u.sho.ku.no./yo.u.i.o./shi.ma.su.
準備晚餐。

用意ができましたか？
yo.u.i.ga./de.ki.ma.shi.ta.ka.
準備好了嗎？

ご用意しております。
go.yo.u.i.shi.te./o.ri.ma.su.
為您準備了。

あんがい
案外
a. n. ga. i.
出乎意料

解説

「案外」是意外、出乎意料的意思。

實用例句

その小説は案外面白かったです。
so.no./sho.u.se.tsu.wa./a.n.ga.i./o.mo.shi.ro.ka.
tta.de.su.

那本小説出乎意料的很有趣。

その映画は案外つまらなかったです。
so.no./e.i.ga.wa./a.n.ga.i./tsu.ma.ra.na.ka.tta.
de.su.

那部電影出乎意料的無趣。

仕事が案外早く片づきました。
sho.go.to.ga./a.n.ga.i./ha.ya.ku./ka.ta.zu.ki.
ma.shi.ta.

工作出乎意料的提早結束。

あそこの試験は案外やさしいです。
a.so.ko.no./shi.ke.n.wa./a.n.ga.i./ya.sa.shi.i.de.su.

那裡的考試出乎意料的簡單。

けんとう
検討
ke. n. to. u.

審視

解説

「検討」是好好審視、檢查的意思。中文帶有反省意思的「檢討」，在日文中會用「反省」這個詞。

實用例句

けんとう
検討してみます。
ke.n.to.u.shi.te./mi.ma.su.

審視看看。

けんとうちゅう
検討中です。
ke.n.to.u.chu.u.de.su.

還在審查中。

もんだいてん けんとう
問題点を検討します。
mo.n.da.i.te.n.o./ke.n.to.u.shi.ma.su.

審視問題點。

けんとう ねが
ご検討お願いします。
go.ke.n.to.u./o.ne.ga.i./shi.ma.su.

請列入考慮。

ふかい
不快
fu.ka.i.
不愉快

解説

「不快」是感到不舒服、不愉快的意思。

實用例句

まったく不快でした。
ma.tta.ku./fu.ka.i.de.shi.ta.
非常不愉快。

不快の色をしています。
fu.ka.i.no./i.ro.o./shi.te.i.ma.su.
露出不愉快的表情。

見て不快の感を起こしました。
mi.te./fu.ka.i.no./ka.n.o./o.ko.shi.ma.shi.ta.
看到會覺得不舒服。

とても不快だと思います。
to.te.mo./fu.ka.i.da.to./o.mo.i.ma.su.
覺得非常不開心。

げいにん
芸人
ge. i. ni. n.
搞笑藝人

解説

日文的「芸人」通常是指搞笑藝人；而演藝人員則是稱為「芸能人」。

實用例句

かれ げいにん せいこう
彼は芸人として成功しました。
ka.re.wa./ge.i.ni.n.to.shi.te./se.i.ko.u.shi.ma.shi.ta.
他以搞笑藝人的身分成功。

わら げいにん
お笑い芸人になりたいです。
o.wa.ra.i./ge.i.ni.n.ni./na.ri.ta.i.de.su.
想成為搞笑藝人。

かれ にほん だいひょう わら げいにん
彼は日本を代表するお笑い芸人です。
ka.re.wa./ni.ho.no./da.i.hyo.u.su.ru./o.wa.ra.i./
ge.i.ni.n.de.su.
他是著名的日本搞笑藝人。

わら げいにん なか だれ いちばん す
お笑い芸人の中で、誰が１番好きですか？
o.wa.ra.i./ge.i.ni.n.no./na.ka.de./da.re.ga./i.chi.
ba.n./su.ki.de.su.ka.
你最喜歡的搞笑藝人是誰？

よかん
予感
yo. ka. n.
預感

解説

「予感」是預感的意思，字形和中文不同，但意思和中文的「預感」一樣。

實用例句

嫌な予感がします。
i.ya.na./yo.ka.n.ga./shi.ma.su.
有不好的預感。

失敗の予感がします。
shi.ppa.i.no./yo.ka.n.ga./shi.ma.su.
有失敗的預感。

何かよくないことが起こるような予感がします。
na.ni.ka./yo.ku.na.i.ko.to.ga./o.ko.ru.yo.u.na./
yo.ka.n.ga./shi.ma.su.
有預感會發生不好的事情。

あいじん
愛人
a. i. ji. n.

外遇對象

解説

「愛人」是外遇對象的意思,「恋人」才是中文戀人的意思。

實用例句

妻と離婚して愛人と同棲しています。

tsu.ma.to./ri.ko.n.shi.te./a.i.ji.n.to./do.u.se.i.shi.te./i.ma.su.

和老婆離婚,跟外遇對象同居。

何年間も彼女は彼の愛人でした。

na.n.ne.n.ka.n.mo./ka.no.jo.wa./ka.re.no./a.i.ji.n.de.shi.ta.

她當了好幾年他的外遇對象。

彼の収賄や愛人などの噂は、じきにみな消え去りました。

ka.re.no./shu.u.wa.i.ya./a.i.ji.n.na.do.no./u.wa.sa.wa./ji.ki.ni./mi.na./ki.e.sa.ri.ma.shi.ta.

關於他收賄及有外遇等傳聞,不久後都消失了。

張本人

ちょうほんにん

cho.u.ho.n.ni.n.

當事人

解説

「張本人」是當事者的意思。

實用例句

彼女が今度の騒ぎの張本人です。

ka.no.jo.ga./ko.n.do.no./sa.wa.gi.no./cho.u.ho.
n.ni.n.de.su.

她就是這次騷動的當事人。

このうわさの張本人はだれだ？

ko.no.u.wa.sa.no./cho.u.ho.n.ni.n.wa./da.re.da.

這個傳聞的當事人是誰？

事件を起こした張本人は彼です。

ji.ke.n.o./o.ko.shi.ta./cho.u.ho.n.ni.n.wa./ka.re.
de.su.

他就是引起事件的當事人。

その悪事を企てた張本人です。

so.no./wa.ku.ji.o./ku.wa.da.te.ta./cho.u.ho.n.ni.
n.de.su.

計畫那件壞事的當事人。

しはいにん
支配人
shi.ha.i.ni.n.

經理

解説

「支配人」通常是指經理、店長等負責統籌店內事務的人。

實用例句

かのじょ しはいにん しょうしん
彼女は支配人に昇進しました。
ka.no.jo.wa./shi.ha.i.ni.n.ni./sho.u.shi.n.shi.ma.shi.
ta.

她升職成經理。

わたし ほんてん しはいにん
私が本店の支配人です。
wa.ta.shi.ga./ho.n.te.n.no./shi.ha.i.ni.n.de.su.

我是這家店的經理。

かれ しはいにん にんめい
彼は支配人に任命されました。
ka.re.wa./shi.ha.i.ni.n.ni./ni.n.me.i.sa.re.ma.shi.ta.

他被任命為經理。

かのじょ いちばんちい たか しはいにん
彼女は一番地位の高い支配人です。
ka.no.jo.wa./i.chi.ba.n.chi.i.no./ta.ka.i./shi.ha.i.ni.
n.de.su.

她是職位最高的經理。

しゃかいじん
社会人
sha.ka.i.ji.n.
社會人士

解説

「社会人」是指社會人士，也就是已進入社會的人。

實用例句

私は社会人です。
wa.ta.shi.wa./sha.ka.i.ji.n.de.su.
我是社會人士。

立派な社会人になりたいです。
ri.ppa.na./sha.ka.i.ji.n.ni./na.ri.ta.i.de.su.
想成為傑出的社會人士。

社会人に必要な能力は何ですか？
sha.ka.i.ji.n.ni./hi.tsu.yo.u.na./no.u.ryo.ku.wa./
na.n.de.su.ka.
身為社會人士必備的能力是什麼呢？

社会人に求められるものは何ですか？
sha.ka.i.ji.n.ni./mo.to.me.ra.re.ru.mo.no.wa./
na.n.de.su.ka.
社會人士必備的是什麼呢？

ハイタッチ

ha.i.ta.cchi.

擊掌

解説

　　擊掌通常是講「high five」，但在日文則是講「ハイタッチ」。

實用例句

メンバーたちとハイタッチをしました。
me.n.ba.a.ta.chi.to./ha.i.ta.cchi.o./shi.ma.shi.ta.
成員們互相擊掌。

<ruby>皆<rt>みな</rt></ruby>とハイタッチしました。
mi.na.to./ha.i.ta.cchi./shi.ma.shi.ta.
和大家擊掌。

7　<ruby>連勝<rt>ななれんしょう</rt></ruby>が<ruby>嬉<rt>うれ</rt></ruby>しくてハイタッチしました。
na.na.re.n.sho.u.ga./u.re.shi.ku.te./ha.i.ta.cchi./
shi.ma.shi.ta.
因為 7 連勝很開心而擊掌。

<ruby>何度<rt>なんど</rt></ruby>もハイタッチしました。
na.n.do.mo./ha.i.ta.cchi./shi.ma.shi.ta.
擊掌好幾次。

にんげん
人間
ni. n. ge. n.
人類

解説

「人間」是人類、個性的意思；「世の中」則是中文
人間的意思。

實用例句

わたし ふる にんげん
私は古い人間です。
wa.ta.shi.wa./fu.ru.i./ni.n.ge.n.de.su.
我是古板的人。

ざつ にんげん
雑な人間です。
za.tsu.na./ni.n.ge.n.de.su.
粗線條的人。

いぬ にんげん とも
犬は人間の友です。
i.nu.wa./ni.n.ge.n.no./to.mo.de.su.
狗是人類的好朋友。

かれ つめ にんげん
彼は冷たい人間です。
ka.re.wa./tsu.me.ta.i./ni.n.ge.n.de.su.
是冷漠的人。

ろうにん
浪人
ro.u.ni.n.
重考生

解説

「浪人」是指為了重考各種考試而正在準備、補習的

人。

實用例句

わたし いまろうにんせい
私は今浪人生です。

wa.ta.shi.wa./i.ma./ro.u.ni.n.se.i.de.su.

我現在是重考生。

に ねんろうにんせいかつ
2年浪人生活をしました。

ni.ne.n./ro.u.ni.n.se.i.ka.tsu.o./shi.ma.shi.ta.

曾經重考2年。

わたし だいがくいん ろうにんせい
私は大学院の浪人生です。

wa.ta.shi.wa./da.i.ga.ku.i.n.no./ro.u.ni.n.se.i.de.su.

我正在準備重考研究所。

こうむいん ろうにん
公務員になるために浪人しています。

ko.u.mu.i.n.ni./na.ru.ta.me.ni./ro.u.ni.n.shi.te./i.ma.
su.

為了成為公務員而在準備重考。

ドライバー

do.ra.i.ba.a.

駕駛、螺絲起子

解説

「ドライバー」有駕駛者的意思，也有螺絲起子的意思。另外驅動程式也稱為「ドライバー」。

實用例句

彼<small>かれ</small>はベテランのドライバーです。
ka.re.wa./be.te.ra.n.no./do.ra.i.ba.a.de.su.
他是資深的駕駛。

彼女<small>かのじょ</small>はトラックドライバーでした。
ka.no.jo.wa./to.ra.kku.do.ra.i.ba.a.de.shi.ta.
她曾是卡車駕駛。

ドライバーでネジを外<small>はず</small>しなさい。
do.ra.i.ba.a.de./ne.ji.o./ha.zu.shi.na.sa.i.
請用螺絲起子鬆螺絲。

このドライバーは小<small>ちい</small>さすぎです。
ko.no./do.ra.i.ba.a.wa./chi.i.sa.su.gi.de.su.
這個螺絲起子太小了。

ミルク
mi. ru. ku.
牛奶、奶精

解説

　　「ミルク」除了牛奶也有奶精的意思。日文裡，奶精除了「ミルク」的説法外，還有「コーヒーフレッシュ」、「クリーム」等説法。

實用例句

毎朝ミルクを飲んでいます。
ma.i.a.sa./mi.ru.ku.o./no.n.de.i.ma.su.
每天早上都喝牛奶。

コーヒーにミルクを入れます。
ko.o.hi.i.ni./mi.ru.ku.o./i.re.ma.su.
在咖啡裡加牛奶（奶精）。

ミルクと砂糖はいらないです。
mi.ru.ku.to./sa.to.u.wa./i.ra.na.i.de.su.
不需要奶精和糖。

ミルクと砂糖は入れますか？
mi.ru.ku.to./sa.to.u.wa./i.re.ma.su.ka.
要加糖和奶精嗎？

ベスト
be. su. to.
最佳、背心

解説

　　「ベスト」有最佳也有背心的意思，因為英文的
「best」和「vest」，在日文的念法都是「ベスト」。

實用例句

ベストを尽くしましょう。
be.su.to.o./tsu.ku.shi.ma.sho.u.
盡全力吧。

ベストを尽くしました。
be.su.to.o./tsu.ku.shi.ma.shi.ta.
盡了全力。

釣り用ベストを買いました。
tsu.ri.yo.u./be.su.to.o./ka.i.ma.shi.ta.
買了釣魚用的背心。

ぴったりと合うベストです。
pi.tta.ri.to./a.u.be.su.to.de.su.
合身的背心。

心細い
こころぼそ

ko. ko. ro. bo. so. i.

害怕

解説

「心細い」是覺得害怕的意思，中文的「細心」，在日文則是「こまかい」。

實用例句

彼がいないと心細いです。
ka.re.ga./i.na.i.to./ko.ko.ro.bo.so.i.de.su.
他不在就讓人覺得害怕。

旅行先でお金が無いと心細いです。
ryo.ko.u.sa.ki.de./o.ka.ne.ga.na.i.to./ko.ko.ro.bo.
so.i.de.su.
去旅行沒有錢的話就會覺得害怕。

そんな心細いことを言うものじゃない！
so.n.na./ko.ko.ro.bo.so.i.ko.to.o./i.u.mo.no./ja.na.i.
不要講那些膽小的喪氣話！

助けてくれる友達もなく心細かったです。
ta.su.ke.te./ku.re.ru./to.mo.da.chi.mo.na.ku./ko.ko.
ro.bo.so.ka.tta.de.su.
沒有可以幫忙的朋友，覺得很害怕。

いい気味
きみ

i. i. ki. mi.

活該

解説

「いい気味」是「活該」的意思。見到討厭的人失敗時説的話，表示看別人失敗，自己心裡很痛快。

實用例句

いい気味だ。
きみ

i.i.ki.mi.da.

活該。

私が失敗したとき、彼は「いい気味だ」と言いました。
わたし しっぱい　　　　　　　　かれ　　　　　きみ
い

wa.ta.shi.ga./shi.ppa.i.shi.ta.to.ki./ka.re.wa./i.i.ki.mi.da.to./i.i.ma.shi.ta.

我失敗的時候，他對我説了「活該」。

ざまあ見ろ、いい気味だ。
み　　　　　　きみ

za.ma.a.mi.ro./i.i.ki.mi.da.

吃到苦頭了吧，活該。

いい気味だ、罰が当たったんだ。
きみ　　　ばち あ

i.i.ki.mi.da./ba.chi.ga./a.ta.tta.n.da.

活該得到報應。

結構
けっこう
ke.kko.u.

好、非常

解説

「結構」有很多種意思，可以用來表示「很好」「非常好」的意思；也可以放在形容詞前面當作「很」「非常」的意思。另外會話中的「結構です。」則是用來表示「不必了」「可以了」。

實用例句

この部屋で結構です。
ko.no.he.ya.de./ke.kko.u.de.su.
這個房間就可以了。

駅まで出迎えてくださらなくて結構です。
e.ki.ma.de./de.mu.ka.e.te./ku.da.sa.ra.na.ku.te./ke.kko.u.de.su.
不必到車站接我。

この映画は結構面白かったです。
ko.no.e.i.ga.wa./ke.kko.u./o.mo.shi.ro.ka.tta.de.su.
這部電影很有趣。

こんじょう
根 性
ko. n. jo. u.

毅力、脾氣

解説

「根性」是有毅力、有骨氣的意思，用來形容人的意志力或是脾氣。

實用例句

彼は根性が曲っている人です。
ka.re.wa./ko.n.jo.u.ga./ma.ga.tte.i.ru./hi.to.de.su.
他是個性古怪的人。

彼は根性のある人です。
ka.re.wa./ko.n.jo.u.no./a.ru.hi.to.de.su.
他很有毅力。

彼は根性がない人です。
ka.re.wa./ko.n.jo.u.ga./na.i.hi.to.de.su.
他沒有毅力。

告訴
こくそ
ko. ku. so.

訴訟

解説

「告訴」是訴訟的意思；中文的告知、告訴，則是「教える」。

實用例句

こくそ　きゃっか
告訴は却下されました。
ko.ku.so.wa./kya.kka.sa.re.ma.shi.ta.
訴訟被撤回。

こくそ　と　さ
告訴を取り下げました。
ko.ku.so.o./to.ri.sa.ge.ma.shi.ta.
撤回訴訟。

かれ　こくそ
彼は告訴されました。
ka.re.wa./ko.ku.so.sa.re.ma.shi.ta.
他被告了。

かれ　わたし　こくそ
彼は私を告訴しました。
ka.re.wa./wa.ta.shi.o./ko.ku.so./shi.ma.shi.ta.
他告我。

かくご
覚悟
ka. ku. go.
心理準備

解説

「覚悟」是決心、打算的意思，近似於中文，已經有了心裡準備，也就是有所覺悟的意思。

實用例句

彼は死を覚悟しました。
ka.re.wa./shi.o./ka.ku.go.shi.ma.shi.ta.

他有了死的心理準備。

私は覚悟ができています。
wa.ta.shi.wa./ka.ku.go.ga./de.ki.te./i.ma.su.

我下了決心。

最悪を覚悟していました。
sa.i.a.ku.o./ka.ku.go.shi.te./i.ma.shi.ta.

有最壞的打算。

私は覚悟が足りなかったです。
wa.ta.shi.wa./ka.ku.go.ga./ta.ri.na.ka.tta.de.su.

我的決心不足。

け が
怪我
ke. ga.
受傷

解説

　　「怪我」是受傷的意思。在日文裡，責怪則是用「叱
る」這個字。

實用例句

怪我をしました。
ke.ga.o./shi.ma.shi.ta.
受傷了。

怪我はないですか？
ke.ga.wa./na.i.de.su.ka.
沒受傷吧？

怪我をしないように。
ke.ga.o./shi.na.i.yo.u.ni.
小心不要受傷。

怪我がなくて良かったです。
ke.ga.ga./na.ku.te./yo.ka.tta.de.su.
還好沒受傷。

あんざん
暗算
a. n. za. n.
心算

解説

　「暗算」是心算的意思；中文的「暗算」，日文則是
「仕掛ける」。

慣用例句

暗算で難しい計算をします。
a.n.za.n.de./mu.zu.ka.shi.i./ke.i.sa.n.o./shi.ma.su.
用心算算很難的問題。

彼女には暗算の才能があります。
ka.no.jo.ni.wa./a.n.za.n.no./sa.i.no.u.ga./a.ri.
ma.su.
她有心算的天份。

暗算が上手です。
a.n.za.n.ga./jo.u.zu.de.su.
擅長心算。

私はすごい速さで暗算ができます。
wa.ta.shi.wa./su.go.i./ha.ya.sa.de./a.n.za.n.ga./
de.ki.ma.su.
我心算的速度很快。

かんしん
関心
ka. n. shi. n.
興趣

解説

「関心」是表示有興趣、有意思；和中文對人表達關懷的「關心」意思不同。

實用例句

かんしん も
関心を持ってません。
ka.n.shi.o./mo.tte.ma.se.n.
沒興趣。

わたし かれ むかんしん
私は彼に無関心です。
wa.ta.shi.wa./ka.re.ni./mu.ka.n.shi.n.de.su.
我對他沒興趣。

つよ かんしん も
強い関心を持っています。
tsu.yo.i./ka.n.shi.n.o./mo.tte./i.ma.su.
有很強烈的興趣。

じぶん かんしん
自分だけに関心があります。
ji.bu.n.da.ke.ni./ka.n.shi.n.ga./a.ri.ma.su.
只關心自己的事。

ぎょうじ
行事
gyo. u. ji.
儀式活動

解説

「行事」是儀式活動的意思。像是廟會等節慶，或是在特定時節必做的活動，如夏天看煙火、春天賞花等，都屬於「行事」。

實用例句

海水浴は年中行事になりました。
ka.i.su.i.yo.ku.wa./ne.n.ju.u.gyo.u.ji.ni./na.ri.ma.shi.ta.

去海邊成為年度重要的活動。

皆が地域の行事に参加しました。
mi.na.ga./chi.i.ki.no./gyo.u.ji.ni./sa.n.ka.shi.ma.shi.ta.

大家都參加了地方上的活動。

今回は特別な行事なんです。
ko.n.ka.i.wa./to.ku.be.tsu.na./gyo.u.ji.na.n.de.su.

這次是特別的活動。

せいそ
清楚
se. i. so.
清新

解説

　　「清楚」是清秀、清新的意思，用來形容可愛、美好的事物。中文的清楚，在日文則是「クリア」。

實用例句

かのじょ　せいそ　　ふんいき　すてき
彼女の清楚な雰囲気は素敵です。
ka.no.jo.no./se.i.so.na./fu.n.i.ki.wa./su.te.ki.de.su.
她那清新的氣質很棒。

かのじょ　　　　　　　　せいそ
彼女はとても清楚ですね。
ka.no.jo.wa./to.te.mo./se.i.so.de.su.ne.
她很清秀。

せいそ　かん　　おど
清楚な感じの踊りです。
se.i.so.na./ka.n.ji.no./to.do.ri.de.su.
有清新感覺的舞。

せいそ　じょせい　す
清楚な女性が好きです。
se.i.so.na./jo.se.i.ga./su.ki.de.su.
喜歡氣質清新的女生。

得意
とくい

to.ku.i.

擅長

解説

「得意」是擅長的意思。中文的「得意」日文則是説
「自慢」、「有頂天」。

實用例句

数学が得意です。
すうがく とくい

su.u.ga.ku.ga./to.ku.i.de.su.

擅長數學。

私は英語が得意です。
わたし えいご とくい

wa.ta.shi.wa./e.i.go.ga./to.ku.i.de.su.

我擅長英文。

得意な歌は何ですか?
とくい うた なん

to.ku.i.na./u.ta.wa./na.n.de.su.ka.

擅長什麼歌?

料理は得意ですか?
りょうり とくい

ryo.u.ri.wa./to.ku.i.de.su.ka.

擅長做菜嗎?

いちおう
一応
i.chi.o.u.
基本上

解説

「一応」是大致上、基本上、原則上的意思。

實用例句

それは一応やったんですけどね。
so.re.wa./i.chi.o.u./ya.tta.n.de.su.ke.do.ne.
那個基本上做了。

一応それで間に合うでしょう。
i.chi.o.u./so.re.de./ma.ni.a.u.de.sho.u.
基本上來得及吧。

一応書類に目を通しました。
i.chi.o.u./sho.ru.i.ni./me.o./to.o.shi.ma.shi.ta.
書面資料大致上看過了。

規則は一応あるんですけど。
ki.so.ku.wa./i.chi.o.u./a.ru.n.de.su.ke.do.
基本上是有規則的。

いっこう
一向
i. kko. u.
向來

解説

　　「一向」是向來、完全的意思，和中文的「一向」意思相近。

實用例句

それは一向苦になりません。
so.re.wa./i.kko.u./ku.ni./na.ri.ma.se.n.
向來不覺得那件事辛苦。

私はそれで一向に構いません。
wa.ta.shi.wa./so.re.de./i.kko.u.ni./ka.ma.i.ma.se.n.
我向來就不在意。

何事があっても、一向に気にしません。
na.ni.go.to.ga./a.tte.mo./i.kko.u.ni./ki.ni.shi.ma.se.n.
不管有什麼事，向來都不在意。

いくら非難されても彼は一向に平気です。
i.ku.ra./hi.na.n.sa.re.te.mo./ka.re.wa./i.kko.u.ni./he.i.ki.de.su.
不管怎麼被罵，他向來都不在意。

平和

へいわ

he. i. wa.

和平

解説

「一向」是和平的意思，語順和中文相反，用法則和中文的「和平」相同。

實用例句

平和を唱えます。

he.i.wa.o./to.na.e.ma.su.

提倡和平。

平和を保ちます。

he.i.wa.o./ta.mo.chi.ma.su.

保持和平。

世界の平和を祈ります。

se.ka.i.no./he.i.wa.o./i.no.ri.ma.su.

祈禱世界和平。

心の平和がかき乱されました。

ko.ko.ro.no./he.i.wa.ga./ka.ki.mi.da.sa.re.ma.shi.ta.

心中的平靜被打亂了。

制限
せいげん

se. i. ge. n.

限制

解説

「制限」是限制的意思，語順和中文限制相反但意思相同。
せいげん

實用例句

制限を守ります。
せいげん　まも

se.i.ge.n.o./ma.mo.ri.ma.su.

遵守限制。

食物を制限されています。
しょくもつ　せいげん

sho.ku.mo.tsu.o./se.i.ge.n./sa.re.te./i.ma.su.

食物被限制供給。

制限を解除しました。
せいげん　かいじょ

se.i.ge.n.o./ka.i.jo.shi.ma.shi.ta.

解除限制。

人員を制限します。
じんいん　せいげん

ji.n.i.n.o./se.i.ge.n./shi.ma.su.

限制人數。

うんめい
運命
u. n. me. i.
命運

解説

「運命」是命運的意思，語順和中文命運相反，但意思相同。

實用例句

運命の人に出会いました。
u.n.me.i.no./hi.to.ni./de.a.i.ma.shi.ta.
遇見了命中註定的人。

自分の運命を予知します。
ji.bu.n.no./u.n.me.i.o./yo.chi.shi.ma.su.
預見自己的命運。

運命にもてあそばれます。
u.n.me.i.ni./mo.te.a.so.ba.re.ma.su.
被命運捉弄。

運命を受け入れます。
u.n.me.i.o./u.ke.i.re.ma.su.
接受命運。

しょうかい
紹 介
sho.u.ka.i.

介紹

解説

「紹介」是介紹的意思，語順和中文介紹相反，但意思相同。

實用例句

じこしょうかい
自己紹介をして下さい。
ji.ko.sho.u.ka.i.o./shi.te.ku.da.sa.i.
請做個自我介紹。

しょうかい
紹介してください。
sho.u.ka.i.shi.te./ku.da.sa.i.
請幫我介紹。

しょうかい
紹介させてください。
sho.u.ka.i.sa.se.te./ku.da.sa.i.
請讓我介紹。

たなか　　　　　しょうかい
田中さんをご紹介します。
ta.na.ka.sa.n.o./go.sho.u.ka.i.shi.ma.su.
我來介紹田中先生。

ばいばい
売買
ba.i.ba.i.
買賣

解説

　「売買」是買賣的意思，語順和中文買賣相反，但意思相同。

實用例句

不動産の売買をしています。
fu.do.u.sa.n.no./ba.i.ba.i.o./shi.te.i.ma.su.
從事不動產的買賣。

売買の契約をしました。
ba.i.ba.i.no./ke.i.ya.ku.o./shi.ma.shi.ta.
訂下買賣契約。

株の売買で大もうけしました。
ka.bu.no./ba.i.ba.i.de./o.o.mo.u.ke./shi.ma.shi.ta.
靠買賣股票賺了大錢。

売買は数日間を要します。
ba.i.ba.i.wa./su.u.ji.tsu.ka.n.no./yo.u.shi.ma.su.
買賣需要數天的時間。

Track 028

論理
ろんり

ro.n.ri.

理論

解説

「論理」是理論的意思，語順和中文理論相反，但意思相同。

實用例句

それは論理的に正しいです。

so.re.wa./ro.n.ri.te.ki.ni./ta.da.shi.i.de.su.

那在理論上是正確的。

彼が言っていることは非論理的です。

ka.re.ga./i.tte.i.ru.ko.to.wa./hi.ro.n.ri.te.ki.de.su.

他講的東西是不合理的。

論理的に考えます。

ro.n.ri.te.ki.ni./ka.n.ga.e.ma.su.

符合邏輯地思考。

論理に沿って述べ立てます。

ro.n.ri.ni./so.tte./no.be.ta.te.ma.su.

根據理論論述。

しせつ
施設
shi.se.tsu.

設施

解説

「施設」是設施的意思，語順和中文設施相反，但意思相同。

實用例句

ごらくしせつ　つく
娯楽施設を作ります。
go.ra.ku./shi.se.tsu.o./tsu.ku.ri.ma.su.

建造娛樂設施。

あたら　　しせつ　　とうし
新しい施設に投資します。
a.ta.ra.shi.i./shi.se.tsu.ni./to.u.shi.shi.ma.su.

投資新設施。

こうきょうしせつ　いじ
公共施設を維持します。
ko.u.kyo.u.shi.se.tsu.o./i.ji.shi.ma.su.

維持公共設施。

けんきゅう　　　　　　しせつ　　ちくぞう
研究するための施設を築造します。
ke.n.kyu.u.su.ru.ta.me.no./shi.se.tsu.o./chi.ku.zo.
u.shi.ma.su.

為了進行研究而建造的設施。

きょうい
脅威
kyo. u. i.

威脅

解説

　　「脅威」是威脅的意思，語順和中文威脅相反，但意思相同。

實用例句

けいざい　　たい　　　じゅうだい　きょうい
経済に対する重大な脅威です。
ke.i.za.i.ni./ta.i.su.ru./ju.u.da.i.na./kyo.u.i.de.su.

對經濟有很大的威脅。

かれ　　　　きんじょ　きょうい
彼はこの近所の脅威です。
ka.re.wa./ko.no.ki.n.jo.no./kyo.u.i.de.su.

他對這附近造成威脅。

くに　せんそう　きょうい
その国は戦争の脅威にさらされています。
so.no.ku.ni.wa./se.n.so.u.no./kyo.u.i.ni./sa.ra.
sa.re.te.i.ma.su.

那個國家受到戰爭的威脅。

きょうい　　あた
脅威を与えます。
kyo.u.i.o./a.ta.e.ma.su.

施加威脅。

こしょう
呼称
ko. sho. u.

稱呼

解説

「呼称」是稱呼的意思，語順和中文稱呼相反，但意思相同。

實用例句

この呼称は去年使われました。
ko.no.ko.sho.u.wa./kyo.ne.n./tsu.ka.wa.re.ma.shi.ta.
去年是用這個稱呼。

呼称はさまざまです。
ko.sho.u.wa./sa.ma.za.ma.de.su.
有各種不同的稱呼方式。

舞妓は京都の呼称です。
ma.i.ko.wa./kyo.u.to.no./ko.sho.u.de.su.
舞妓是京都的稱呼方式。

呼称は地域により様々です。
ko.sho.u.wa./chi.i.ki.ni./yo.ri./sa.ma.za.ma.de.su.
稱呼依地域不同而改變。

面会

めんかい

me. n. ka. i.

會面

解説

「面会」是會面的意思，語順和中文會面相反，但意思相同。

實用例句

せいしき めんかい
正式に面会します。
se.i.shi.ki.ni./me.n.ka.i.shi.ma.su.

正式會面。

かんじゃ きょう めんかいしゃぜつ
患者は今日は面会謝絶です。
ka.n.ja.wa./kyo.u.wa.me.n.ka.i.sha.ze.tsu.de.su.

病人今天謝絕探病。

ちょくせつめんかい
直接面会しました。
cho.ku.se.tsu./me.n.ka.shi.ma.shi.ta.

直接碰面了。

かれ めんかい もと
彼に面会を求めました。
ka.re.ni./me.n.ka.i.o./mo.to.me.ma.shi.ta.

他要求會面。

無鉄砲
むてっぽう

mu. te. ppo. u.

魯莽

解説

「無鉄砲」是表示人的個性魯莽、容易衝動；從字面上來看難以想像它的意思，在日文中是常用到的字。

實用例句

若いときは無鉄砲でした。
わか　　　　　　　　　むてっぽう

wa.ka.i.to.ki.wa./mu.te.ppo.u.de.shi.ta.

年輕的時候很魯莽。

そんな無鉄砲なことをしては困ります。
　　　　むてっぽう　　　　　　　　　こま

so.n.na./mu.te.ppo.u.na.ko.to.o./shi.te.wa./ko.ma.
ri.ma.su.

做這麼魯莽的事情會造成我的困擾。

無鉄砲に行動します。
むてっぽう　こうどう

mu.te.ppo.u.ni./ko.u.do.u.shi.ma.su.

衝動地展開行動。

無鉄砲で粗暴な人です。
むてっぽう　そぼう　ひと

mu.te.ppo.u.de./so.bo.u.na./hi.to.de.su.

魯莽又粗魯的人。

ろうば
老婆
ro. u. ba.
老婆婆

解説

「老婆」是老婆婆的意思；日文稱自己的老婆則是
「妻」、「家内」。

實用例句

かのじょ　ろうば　へんそう
彼女は老婆に変装しました。
ka.no.jo.wa./ro.u.ba.ni./he.n.so.u.shi.ma.shi.ta.
她變裝成老婆婆。

わたし　ろうばしん
私は老婆心でこう言うのです。
wa.ta.shi.wa./ro.u.ba.shi.n.de./ko.u.i.u.no.de.su.
我是苦口婆心。

ろうば
老婆はよろよろと歩いています。
ro.u.ba.wa./yo.ro.yo.ro.to./a.ru.i.te.i.ma.su.
老婆婆蹣跚行進。

ろうば　あたま　さ　ある
老婆のように頭を下げて歩いています。
ro.u.ba.no./yo.u.ni./a.ta.ma.o./sa.ge.te./a.ru.i.te.
i.ma.su.
像老婆婆一樣低著頭走路。

女装
じょそう

jo. so. u.

扮女装

解説

「女装」主要是指男扮女装；有男扮女装嗜好在
日文就叫「女装癖」。至於女性穿的衣服，日文則是
「女性服」。

實用例句

彼は女装が趣味です。
かれ　じょそう　しゅみ

ka.re.wa./jo.so.u.ga./shu.mi.de.su.

他興趣是扮女裝。

文化祭で女装したことがあります。
ぶんかさい　じょそう

bu.n.ka.sa.i.de./jo.so.u.shi.ta.ko.to.ga./a.ri.ma.su.

在校慶上男扮女裝過。

彼は女装してパーティーに行きました。
かれ　じょそう　い

ka.re.wa./jo.so.u.shi.te./pa.a.ti.i.ni./i.ki.ma.shi.ta.

他男扮女裝去參加派對。

彼の女装姿を見てびっくりしました。
かれ　じょそうすがた　み

ka.re.no./jo.so.u.su.ga.ta.o.mi.te./bi.kku.ri.shi.
ma.shi.ta.

看到他扮女裝，嚇了一大跳。

しゅっとう
出 頭
shu. tto. u.

投案

解説

「出頭」是自首、投案的意思。

實用例句

警察に出頭しました。
ke.i.sa.tsu.ni./shu.tto.u./shi.ma.shi.ta.

向警察自首。

税務署に出頭します。
ze.i.mu.sho.ni./shu.tto.u.shi.ma.su.

到國税局投案。

裁判所に出頭します。
sa.i.pa.n.sho.ni./shu.tto.u.shi.ma.su.

到法院投案。

彼は法廷へ出頭を命じられました。
ka.re.wa./ho.u.te.i.e./shu.tto.u.o./me.i.ji.ra.re.
ma.shi.ta.

他被命令要到法院報到。

すきま
隙間
su.ki.ma.
縫隙

解説

　　「隙間」是縫隙的意思，和中文的「間隙」語順相反但意思相同。

實用例句

垣根の隙間から猫が出たり入ったりしています。

ga.ki.ne.no./su.ki.ma.ka.ra./ne.ko.ga./de.ta.ri.ha.i.tta.ri./shi.te.i.ma.su.

貓從圍牆的縫隙出入。

壁の隙間から光が漏れました。

ka.be.no./su.ki.ma.ka.ra./hi.ka.ri.ga./mo.re.ma.shi.ta.

光線從牆壁的縫隙裡流洩出來。

隙間から風が入ります。

su.ki.ma.ka.ra./ka.ze.ga./ha.i.ri.ma.su.

風從縫隙吹進來。

しょうじき
正 直
sho. u. ji. ki.
誠實

解説

　　「正直」是個性誠實、老實的意思，也可以用在「老實説」、「説真的」的用法。

實用例句

正直に言えば…。
sho.u.ji.ki.ni./i.e.ba.
老實説。

彼は正直な男です。
ka.re.wa./sho.u.ji.ki.na./o.do.ko.de.su.
他是誠實的人。

あなたの正直な気持ちが聞きたい。
a.na.ta.no./sho.u.ji.ki.na./ki.mo.chi.ga./ki.ki.ta.i.
我想了解你真正的心情。

正直に言いなさい。
sho.u.ji.ki.ni./i.i.na.sa.i.
快老實説！

差別
さべつ

sa. be. tsu.

歧視

解説

「差別」是差別待遇、歧視的意思，通常是用在負面的形容。中文的「差別」，在日文則是「差」。

實用例句

人種を差別します。
じんしゅ　さべつ
ji.n.shu.o./sa.be.tsu./shi.ma.su.
種族歧視。

あの人は人に対して差別を設けません。
ひと　ひと　たい　さべつ　もう
a.no.hi.to.wa./hi.to.ni.ta.i.shi.te./sa.be.tsu.o./mo.u.ke.ma.se.n.
那個人從來不會對別人有歧視的態度。

人種差別を非難します。
じんしゅさべつ　ひなん
ji.n.shu.sa.be.tsu.o./hi.na.n.shi.ma.su.
批評種族歧視。

彼は無差別に本を読みます。
かれ　むさべつ　ほん　よ
ka.re.wa./bu.sa.be.tsu.ni./ho.n.o./yo.mi.ma.su.
他不管什麼書都讀。

てきとう
適当
te. ki. to. u.
隨便、大概

解説

　「適当」除了有中文「適當」的意思，主要的用法多半是用於表示「隨便」「大概」的意思。

實用例句

彼はいつも適当です。
ka.re.wa./i.tsu.mo./te.ki.to.u.de.su.
他總是很隨便。

適当な返事をします。
te.ki.to.u.na./he.n.ji.o./shi.ma.su.
隨便回覆。

好みによって適当に砂糖を加えなさい。
ko.no.mi.ni.yo.tte./te.ki.to.u.ni./sa.to.u.o./ku.wa.
e.na.sa.i.
請依喜好加入適量的糖。

そのポストには彼が最も適当です。
so.no.po.su.to.ni.wa./ka.re.ga./mo.tto.mo./te.ki.
to.u.de.su.
他是最適合那個位置的人。

かおいろ
顔色
ka.o.i.ro.

臉色

解説

　「顔色」是臉色、氣色的意思。中文的顏色，日文則是「色」或「カラー」。

實用例句

かおいろ　わる　　　　　　　　　だいじょうぶ
顔色が悪いですね。大丈夫？
ka.o.i.ro.ga./wa.ru.i.de.su.ne./da.i.jo.u.bu.
你臉色好差，還好吧？

け　さ　かおいろ
今朝顔色がよくなっています。
ke.sa./ka.o.i.ro.ga./yo.ku.na.tte.i.ma.su.
今天早上氣色比較好了。

ひと　かおいろ　よ
人の顔色を読みます。
hi.to.no./ka.o.i.ro.o./yo.mi.ma.su.
觀察別人的臉色。

かちょう　かおいろ
課長の顔色をうかがいます。
ka.cho.u.no./ka.o.i.ro.o./u.ka.ga.i.ma.su.
觀察課長臉色。

しょうにん
承 認
sho.u.ni.n.
同意

解説

「承認」是同意、授權的意思，接近中文「認同」的意思。若是中文的「承認」，日文則是用「認める」。

實用例句

ぎあん しょうにん
議案が承認されました。
gi.a.n.ga./sho.u.ni.n.sa.re.ma.shi.ta.
議案通過了。

せんせい かれ もう で しょうにん
先生は彼の申し出を承認しました。
se.n.se.i.wa./ka.re.no./mo.u.shi.de.o./sho.u.ni.
n.shi.ma.shi.ta.
老師同意了他的要求。

しょうにん
承認してください。
sho.u.ni.n.shi.te./ku.da.sa.i.
請同意。

かれ しょうにん ほりゅう
彼は承認を保留しました。
ka.re.wa./sho.u.ni.n.o./ho.u.ryu.u.shi.ma.shi.ta.
他不表示同意。

最高

さいこう

sa. i. ko. u.

最棒

Track 036

解説

「最高」除了有中文「最高」的意思外，通常是用在表示最好、最棒的意思。

實用例句

最高な1日です。
sa.i.ko.u.na./i.chi.ni.chi.de.su.
很棒的1天。

笑顔が最高です。
e.ga.o.ga./sa.i.ko.u.de.su.
笑容是最棒的。

この小説は最高に面白いです。
ko.no.sho.u.se.tsu.wa./sa.i.ko.u.ni./o.mo.shi.ro.i.de.su.
這個小説是最棒最有趣的。

最高気温は25度です。
sa.i.ko.u.ki.o.n.wa./ni.ju.u.go.do.de.su.
最高氣溫是25度。

さいてい
最低
sa. i. te. i.

最低

解説

除了有中文「最低」的意思之外，還有「至少」、「差勁」的意思。

實用例句

ひと月に最低 2 万円の経費がかかります。
hi.to.tsu.ki.ni./sa.i.te.i./ni.ma.n.e.n.no./ke.i.hi.ga./ka.ka.ri.ma.su.

1 個月最少需要 2 萬日元的經費。

今日の演奏は最低でした。
kyo.u.no./e.n.so.u.wa./sa.i.te.i.de.shi.ta.

今天的演奏是最差的。

あいつは最低の人間だ。
a.i.tsu.wa./sa.i.te.i.no./ni.n.ge.n.da.

那個人真的是最差勁的人。

今日の最低気温は 10 度です。
kyo.u.no./sa.i.te.i.ki.o.n.wa./ju.u.do.de.su.

今天的最低氣溫是 10 度。

踊り場
おど　　ば
o.do.ri.ba.

樓梯平台

解説

　　「踊り場」是指每段樓梯間轉換方向用的平台。也可
以借指景氣上升時的景況。

實用例句

階段の踊り場で寝ています。
かいだん　おど　ば　　　ね
ka.i.da.n.no./o.do.ri.ba.de./ne.te.i.ma.su.

在樓梯平台睡覺。

上の踊り場までお越し願いましょうか？
うえ　おど　ば　　　　こ　ねが
u.e.no./o.do.ri.ba.ma.de./o.ko.shi.ne.ga.i.ma.sho.
u.ka.

可以請你到上面的樓梯平台嗎？

階段の踊り場で黒い影が動いています。
かいだん　おど　ば　くろ　かげ　うご
ka.i.da.n.no./o.do.ri.ba.de./ku.ro.i.ka.ge.ga./u.go.
i.te.i.ma.su.

在樓梯平台那裡有黑影在動。

さいばん
裁 判
sa. i. ba. n.
官司

解説

「裁判」是官司、判決的意思。中文裡比賽的裁判，
日文則是「審判員」。

實用例句

裁判を受けます。
sa.i.ba.n.o./u.ke.ma.su.

接受判決。

裁判で負けました。
sa.i.ba.n.de./ma.ke.ma.shi.ta.

輸了官司。

裁判を傍聴します。
sa.i.ba.n.o./bo.u.cho.u.shi.ma.su.

旁聽官司。

裁判を延期します。
sa.i.ba.n.o./e.n.ki.shi.ma.su.

官司延期了。

思いやり
おも

o.mo.i.ya.ri.

為人著想

解説

「思いやり」是體貼、為人著想的意思。
おも

實用例句

彼女は思いやりがあります。
かのじょ　おも

ka.no.jo.wa./o.mo.i.ya.ri.ga./a.ri.ma.su.

她很為人著想。

あの人は思いやりのない人です。
ひと　おも　ひと

a.no.hi.to.wa./o.mo.i.ya.ri.no.na.i./hi.to.de.su.

那個人一點都不為人著想。

相手に対して，思いやりがありません。
あいて　たい　おも

a.i.te.ni./ta.i.shi.te./o.mo.i.ya.ri.ga./a.ri.ma.se.n.

不為對方著想。

彼女は思いやりに溢れています。
かのじょ　おも　あふ

ka.no.jo.wa./o.mo.i.ya.ri.ni./a.fu.re.te.i.ma.su.

她很體貼別人。

比 較 篇

階段
かいだん
ka. i. da. n.

樓梯

解説

「階段」是樓梯的意思。和中文的「階段」意思不同。

實用例句

階段を登ります。
ka.i.da.n.o./no.bo.ri.ma.su.

上樓梯。

階段を上がります。
ka.i.da.n.o./a.ga.ri.ma.su.

上樓梯。

階段を下ります。
ka.i.da.n.o./ku.da.ri.ma.su.

下樓梯。

階段から落ちました。
ka.i.da.n.ka.ra./o.chi.ma.shi.ta.

從樓梯上掉下來。

段階
だんかい

da.n.ka.i.

階段

解説

「段階」是階段的意思；語順和中文相反，但意思和
だんかい
用法相同。

實用例句

段階をつけます。
だんかい
da.n.ka.i.o./tsu.ke.ma.su.

分階段。

4 つの段階に分けます。
よっ　　だんかい　　わ
yo.ttsu.no./da.n.ka.i.ni./wa.ke.ma.su.

分成 4 個階段。

最後の段階に入りました。
さいご　　だんかい　　はい
sa.i.go.no./da.n.ka.i.ni./ha.i.ri.ma.shi.ta.

進入最後的階段。

段階的に進んでいます。
だんかいてき　　すす
da.n.ka.i.te.ki.ni./su.su.n.de./i.ma.su.

階段性進行中。

思いつく
おも

o.mo.i.tsu.ku.

想到

解説

　　「思いつく」是想到、發想的意思，主要是用於創意、
おも
想法等無中生有的原創想法。

實用例句

いいことを思いつきました。
おも

i.i.ko.to.o./o.mo.i.tsu.ki.ma.shi.ta.

有很好的想法。

そのことまでは思いつきませんでした。
おも

so.no.ko.to.ma.de.wa./o.mo.i.tsu.ki.ma.se.n.de.
shi.ta.

沒想到會發生那件事。

思いつきません。
おも

o.mo.i.tsu.ki.ma.se.n.

想不到。

何か思いつきませんか？
なに　おも

na.ni.ka./o.mo.i.tsu.ki.ma.se.n.ka.

有沒有想到什麼？

思い出す
おも　だ
o. mo. i. da. su.
想起

解説

「思い出す」是想起的意思，是記起回憶裡的事物。

實用例句

用事を思い出したので帰ります。
ようじ　おも　だ　　　　　　かえ
yo.u.ji.o./o.mo.i.da.shi.ta.no.de./ka.e.ri.ma.su.
我想到有事，所以要回去了。

あのことを思い出すと今でもぞっとします。
おも　だ　　いま
a.no.ko.to.o./o.mo.i.da.su.to./i.ma.de.mo./zo.tto.
shi.ma.su.
現在想到那件事，都還會害怕。

それで思い出しました。
おも　だ
so.re.de./o.mo.i.da.shi.ma.shi.ta.
因為那個而想起來。

彼の名前が思い出せません。
かれ　なまえ　おも　だ
ka.re.no./na.ma.e.ga./o.mo.i.da.se.ma.se.n.
想不起他的名字。

とって

to. tte.

對…來説

解説

「とって」是對…來説、站在…的立場來説之意。

實用例句

私_{わたし}にとってそこは遠_{とお}いです。

wa.ta.shi.ni./to.tte./so.ko.wa./to.o.i.de.su.

對我來説，那邊很遠。

外国人_{がいこくじん}にとっては便利_{べんり}です。

ga.i.ko.ku.ji.n.ni./to.tte.wa./be.n.ri.de.su.

對外國人來説很方便。

私_{わたし}にとって日本語_{にほんご}は難_{むずか}しいです。

wa.ta.shi.ni./to.tte./ni.ho.n.go.wa./mu.zu.ga.shi.i.de.su.

對我來説，日文很難。

彼_{かれ}にとってこの映画_{えいが}は難_{むずか}しいです。

ka.re.ni.to.tte./ko.no.e.i.ga.wa./mu.zu.ga.shi.i.de.su.

這部電影對他來説很難懂。

対して
たい
ta.i.shi.te.
對於

解説

「対して」是對於、針對的意思。

實用例句

私は彼に対して怒りました。
wa.ta.shi.wa./ka.re.ni./ta.i.shi.te./o.ko.ri.ma.shi.ta.
我對他發脾氣。

彼に対して恨みを持っています。
ka.re.ni./ta.i.shi.te./u.ra.mi.o./mo.tte.i.ma.su.
對他有恨意。

敵に対して寛大です。
te.ki.ni./ta.i.shi.te./ka.n.da.i.de.su.
對敵人很寬大。

それに対して答えます。
so.re.ni./ta.i.shi.te./ko.ta.e.ma.su.
針對那件事回答。

<ruby>聞<rt>き</rt></ruby>こえる
ki.ko.e.ru.

聽到

解説

「<ruby>聞<rt>き</rt></ruby>こえる」是自然而然進到耳裡，不刻意而自然地聽見之意。

實用例句

はっきり<ruby>聞<rt>き</rt></ruby>こえます。
ha.kki.ri./ki.ko.e.ma.su.
清楚地聽到。

<ruby>音楽<rt>おんがく</rt></ruby>が<ruby>聞<rt>き</rt></ruby>こえます。
o.n.ga.ku.ga./ki.ko.e.ma.su.
聽見音樂。

どこからか<ruby>聞<rt>き</rt></ruby>こえます。
do.ko.ka.ra.ka./ki.ko.e.ma.su.
聽到從某處傳來的聲音。

<ruby>遠<rt>とお</rt></ruby>くから<ruby>聞<rt>き</rt></ruby>こえます。
to.o.ku.ka.ra./ki.ko.e.ma.su.
聽到遠方的聲音。

聞ける
き
ki.ke.ru.

可以聽見

解説

「聞ける」是能夠聽見，有刻意聽、想聽而聽見的意思，和「聞こえる」自然入耳的用法不同。

實用例句

新曲を聞けることを楽しみにしています。
しんきょく　き　　　　　　　　　たの
shi.n.kyo.ku.o./ki.ke.ru.ko.to.o./ta.no.shi.mi.ni./shi.te.i.ma.su.

期待可以聽到新歌。

それが聞けてうれしいです。
き
so.re.ga./ki.ke.te./u.re.shi.i.de.su.

可以聽到那個，很開心。

声が聞けてよかったです。
こえ　き
ko.e.ga./ki.ke.te./yo.ka.tta.de.su.

可以聽到你的聲音很開心。

あんなことはめったに聞けないです。
き
a.n.na.ko.to.wa./me.tta.ni./ki.ke.na.i.de.su.

很少聽到那種事。

見える
み

mi.e.ru.

看見

解説

「見える」是自然進入視野可以看見的意思。
み

實用例句

肉眼で見えます。
にくがん　み

ni.ku.ga.n.de./mi.e.ma.su.

用肉眼看見。

海が見えてきました。
うみ　み

u.mi.ga./mi.e.te./ki.ma.shi.ta.

漸漸能見到海。

見えなくなりました。
み

mi.e.na.ku./na.ri.ma.shi.ta.

變得看不見了。

人影が見えました。
ひとかげ　み

hi.to.ka.ge.ga./mi.e.ma.shi.ta.

看到人影。

み
見られる
mi.ra.re.ru.
可以看見

解説

「見られる」是刻意看，然後可以看到的意思。也有被看見的意思。另外如果寫成「見れる」，則是可以看到的意思。而「見える」則是不刻意去看，自然進入視野而看到的意思。

實用例句

もう一度見られます。
mo.u.i.chi.do./mi.ra.re.ma.su.
可以再看到一次。

この景色は夜にしか見られません。
ko.no.ke.shi.ki.wa./yo.ru.ni./shi.ka./mi.ra.re.ma.
se.n.
這個景色只有晚上看得到。

あなたの笑顔を見られるのは嬉しいです。
a.na.ta.no./e.ga.o.o./mi.ra.re.ru.no.wa./u.re.shi.
i.de.su.
很高興可以看到你的笑容。

もど
戻る
mo. do. ru.
回到

解説

　　「戻る」是回到、回復的意思，可以用在位置，也可以用在狀態。

實用例句

会社に戻ります。
ka.i.sha.ni./mo.do.ri.ma.su.
回到公司。

元の状態に戻ります。
mo.do.no./jo.u.ta.i.ni./mo.do.ri.ma.su.
回到原來的狀態。

私は6時までに戻ります。
wa.ta.shi.wa./ro.ku.ji.ma.de.ni./mo.do.ri.ma.su.
我在6點前會回來。

私は台湾に戻りました。
wa.ta.shi.wa./ta.i.wa.n.ni./mo.do.ri.ma.shi.ta.
我回到台灣了。

帰る
かえ

ka. e. ru.

回家

解説

「帰る」是回家、回到歸屬地的意思。和「戻る」不同的是，「戻る」多半是用於暫時停留的地方，像是公司或是特定場所，而「帰る」則是有回家的意思。

實用例句

家へ帰ります。
いえ　かえ

i.e.e./ka.e.ri.ma.su.

回家。

急いで家に帰ります。
いそ　　いえ　かえ

i.so.i.de./i.e.ni./ka.e.ri.ma.su.

急忙地回家。

バスで京都に帰ります。
きょうと　かえ

ba.su.de./kyo.u.to.ni./ka.e.ri.ma.su.

坐巴士回京都。

彼を連れて帰りました。
かれ　つ　　　かえ

ka.re.o./tsu.re.te./ka.e.ri.ma.shi.ta.

帶著他回去了。

か
借りる
ka.ri.ru.
借入

解説

「借りる」是借入，向別人借來東西的意思。

實用例句

<ruby>銀行<rt>ぎんこう</rt></ruby>から<ruby>お金<rt>かね</rt></ruby>を<ruby>借<rt>か</rt></ruby>ります。
gi.n.ko.u.ka.ra./o.ka.ne.o./ka.ri.ma.su.
從銀行借錢。

<ruby>場所<rt>ばしょ</rt></ruby>を<ruby>借<rt>か</rt></ruby>ります。
ba.sho.o./ka.ri.ma.su.
借場地。

<ruby>約<rt>やく</rt></ruby>5<ruby>冊<rt>さつ</rt></ruby>の<ruby>本<rt>ほん</rt></ruby>を<ruby>借<rt>か</rt></ruby>りました。
ya.ku./go.sa.tsu.no./ho.n.o./ka.ri.ma.shi.ta.
大概借了5本書。

<ruby>家<rt>いえ</rt></ruby>を<ruby>借<rt>か</rt></ruby>ります。
i.e.o./ka.ri.ma.su.
租房子。

私藏日語 單字學習書

か
貸す
ka. su.
借出

解説

　　「貸す」是借東西給別人的意思。「貸す」和「借り
る」念法相近但意思相反，可從漢字的區別來加強記憶。

實用例句

私は車を彼女に貸しました。
wa.ta.shi.wa./ku.ru.ma.o./ka.no.jo.ni./ka.shi.
ma.shi.ta.
我把車借給她。

手を貸していただけますか？
te.o.ka.shi.te./i.ta.da.ke.ma.su.ka.
可以幫我的忙嗎？（手を貸す：幫忙）

彼は恵子にお金を貸しました。
ka.re.wa./ke.i.ko.ni./o.ka.ne.o./ka.shi.ma.shi.ta.
他把錢借給惠子。

私は彼にそれを貸してもらいました。
wa.ta.shi.wa./ka.re.ni./so.re.o./ka.shi.te./mo.ra.
i.ma.shi.ta.
他把那個借給我。

ほうしん
放心
ho.u.shi.n.
精神恍惚

解説

「放心」是受到打擊腦子一片空片意思。和中文的放心意思完全不同。

實用例句

しばらく、彼女は放心したように動きませんでした。

shi.ba.ra.ku./ka.no.jo.wa./ho.u.shi.n.shi.ta./yo.u.ni./u.go.ki.ma.se.n.de.shi.ta.

她暫時呈現恍惚的狀態不能動。

彼の顔は、放心状態に見えました。

ka.re.no./ka.o.wa./ho.u.shi.n.jo.u.ta.i.ni./mi.e.ma.shi.ta.

他的臉看起來很恍惚。

私はその1日を放心状態で過ごしました。

wa.shi.wa./so.no.i.chi.ni.chi.o./ho.u.shi.n.jo.u.ta.i.de./su.go.shi.ma.shi.ta.

我那1天都是在恍惚的狀態下度過的。

あんしん
安心
a. n. shi. n.
放心

解説

「安心」は放心的意思，和中文「安心」的意思相同。

實用例句

ご安心下さい。
go.a.n.shi.n./ku.da.sa.i.
請放心。

それを聞いて安心しました。
so.re.o./ki.i.te./a.n.shi.n.shi.ma.shi.ta.
聽了那個之後就放心了。

ひとまず安心しました。
hi.to.ma.zu./a.n.shi.n.shi.ma.shi.ta.
總之暫時放心了。

音楽はいつも私を安心させます。
o.n.ga.ku.wa./i.tsu.mo./wa.ta.shi.o./a.n.shi.n.sa.
se.ma.su.
音樂一直能讓我感到安心。

閉める
し

shi.me.ru.

關上

解説

「閉める」是關上的意思，主要用在物體上，如：門、窗戶、窗簾等。

實用例句

窓を閉めました。
まど し

ma.do.o./shi.me.ma.shi.ta.

關上窗戶。

夜になったので彼は店を閉めました。
よる かれ みせ し

yo.ru.ni./na.tta.no.de./ka.re.wa./mi.se.o./shi.me.ma.shi.ta.

因為晚上了，所以他把店門關了。

ドアを押して閉めました。
お し

do.a.o./o.shi.te./shi.me.ma.shi.ta.

推著把門關上。

カーテンを閉めることを忘れました。
し わす

ka.a.te.n.o./shi.me.ru.ko.to.o./wa.su.re.ma.shi.ta.

忘了拉上窗簾。

閉じる
と

to. ji. ru.

合上

解説

「閉じる」是合上的意思，和「閉める」不同的是，「閉じる」有密閉的感覺，主要用在眼睛、嘴巴、蓋子等。

實用例句

目を閉じました。
め と

me.o./to.ji.ma.shi.ta.

閉上眼睛。

その蓋を閉じました。
ふた と

so.no.fu.da.o./to.ji.ma.shi.ta.

把那個蓋子蓋上。

口を閉じたまま笑っています。
くち と わら

ku.chi.o./to.ji.ta.ma.ma./wa.ra.tte./i.ma.su.

閉著嘴笑。

固く口を閉じます。
かた くち と

ka.ta.ku./ku.chi.o./to.ji.ma.su.

堅持不説。

しゅみ
趣味
shu.mi.
嗜好

解説

「趣味」是嗜好的意思。和中文的趣味意思不同。

實用例句

趣味は何ですか？
shu.mi.wa./na.n.de.su.ka.
你的嗜好是什麼？

趣味は異なります。
shu.mi.wa./ko.to.na.ri.ma.su.
嗜好不同。

私の趣味はゴルフです。
wa.ta.shi.no./shu.mi.wa./go.ru.fu.de.su.
我的嗜好是打高爾夫。

彼はテニスが趣味です。
ka.re.wa./te.ni.su.ga./shu.mi.de.su.
他的嗜好是打網球。

解説

　　「興味」是對某件事有興趣的意思。容易和表示嗜好的「趣味」搞混，使用時要注意。

實用例句

えいが　　きょうみ
映画に興味があります。
e.i.ga.ni./kyo.u.mi.ga./a.ri.ma.su.
對電影有興趣。

せいじ　　きょうみ
政治に興味ないです。
se.i.ji.ni./kyo.u.mi.na.i.de.su.
對政治沒興趣。

きょうみ
興味がありません。
kyo.u.mi.ga./a.ri.ma.se.n.
沒興趣。

おんがく　　きょうみ　　も
音楽に興味を持っています。
o.n.ga.ku.ni./kyo.u.mi.o./mo.tte./i.ma.su.
對音樂有興趣。

嬉しい
うれ

u. re. shi. i.

高興

解説

「嬉しい」是開心、高興的意思，主要是表達自己的心情。

實用例句

会えて嬉しいです。
あ　　うれ
a.e.te./u.re.shi.i.de.su.
很高興能見面。

来てくれて嬉しいです。
き　　　　うれ
ki.re.ku.re.te./u.re.shi.i.de.su.
很高興你能來。

またお会いできて嬉しいです。
あ　　　　うれ
ma.ta./o.a.i.de.ki.te./u.re.shi.i.de.su.
很高興能再見。

嬉しいニュースを聞きました。
うれ　　　　　　　　き
u.re.shi.i./nyu.u.su.o./ki.ki.ma.shi.ta.
聽到了讓人開心的新聞。

たの
楽しい
ta. no. shi. i.
快樂

解説

「楽しい」是愉快、快樂的意思，通常主詞是事物。

實用例句

今日は楽しかったです。
kyo.u.wa./ta.no.shi.ka.tta.de.su.
今天很愉快。

学校は楽しいです。
ga.kko.u.wa./ta.no.shi.i.de.su.
學校生活很快樂。

毎日楽しいです。
ma.i.ni.chi./ta.no.shi.i.de.su.
每天很快樂。

楽しい1日でした。
ta.no.shi.i./i.chi.ni.chi.de.shi.ta.
度過很快樂的一天。

まで
ma. de.

到…為止

解説

まで是指動作持續的時間，動作是持續的。

實用例句

いいからしまいまで聞いて。
i.i.ka.ra./shi.ma.i.ma.de./ki.i.te.

總而言之先聽我說完。

何時頃までかかりそうですか？
na.n.ji.go.ro.ma.de./ka.ka.ri.so.u.de.su.ka.

要弄到幾點呢？

2 時まで待ちます。
ni.ji.ma.de./ma.chi.ma.su.

等到 2 點。

最後まで頑張りました。
sa.i.go.ma.de./ga.n.ba.ri.ma.shi.ta.

努力到最後一刻。

までに

ma. de. ni.

到…為止

解説

「まで」和「までに」都有「到」的意思，但兩者的用法有些不同，但「までに」指到期的時間，最後的時間點，動作是瞬間的。

實用例句

レポートは金曜日までに出してください。
re.po.o.to.wa./ki.n.yo.u.bi./ma.de.ni./da.shi.te./
ku.da.sa.i.

請在星期五之前交出來。

月末までにお返しします。
ge.tsu.ma.tsu./ma.de.ni./ka.e.shi.shi.ma.su.

月底會我確定會還給你。

来年4月までに完成する予定です。
ra.i.ne.n./shi.ga.tsu./ma.de.ni./ka.n.se.i.su.ru./
yo.te.i.de.su.

預計明年4月完成。

知り合い
し　あ
shi.ri.a.i.
認識的人

解説

「知り合い」是指認識但沒那麼熟的人，也就是不熟
し あ
的朋友。也可以説「知人」。
ち じん

實用例句

彼はただの知り合いです。
かれ　　　　　　　し　あ
ka.re.wa./ta.da.no./shi.ri.a.i.de.su.
他只是我認識的人。

田中さんとはお知り合いですか？
た なか　　　　　　　　し　あ
ta.na.ka.sa.n.to.wa./o.shi.ri.a.i.de.su.ka.
你認識田中嗎？

知り合いといってもそんなに親しいわけでは
し　あ　　　　　　　　　　　　　　　　　　した

ありません。
shi.ri.a.i.to.i.tte.mo./so.n.na.ni./shi.ta.shi.i.wa.
ke.de.wa./a.ri.ma.se.n.
説是認識其實根本就不熟。

私は彼と知り合いです。
わたし　かれ　　し　あ
wa.ta.shi.wa./ka.re.to./shi.ri.a.i.de.su.
我和他認識。

ともだち
友達
to.mo.da.chi.

朋友

解説

「友達」是朋友的意思。和「知り合い」的差別是，「友達」指的是比較熟識的人。

實用例句

彼は私の友達です。
ka.re.wa./wa.ta.shi.no./to.mo.da.chi.de.su.
他是我的朋友。

久しぶりに友達と映画に行った。
hi.sa.shi.bu.ri.ni./to.mo.da.chi.to./e.i.ga.ni./i.tta.
久違地和朋友去看電影。

今まで通り友達でいてください。
i.ma.ma.de./do.o.ri./to.mo.da.chi.de./i.te.ku.da.
sa.i.
像現在這樣當朋友就好。

友達が欲しいです。
to.mo.da.chi.ga./ho.shi.i.de.su.
想要交朋友。

キラキラ

ki.ra.ki.ra.

耀眼

解説

「きらきら」是燦爛耀眼的意思。形容自然的事物。

實用例句

星がキラキラと光っています。
ho.shi.ga./ki.ra.ki.ra.to./hi.ka.tte./i.ma.su.
星星閃爍著燦爛的光芒。

河が月光でキラキラしています。
ka.wa.ga./ge.kko.u.de./ki.ra.ki.ra.shi.te./i.ma.su.
河面因為月光而閃閃發亮。

ダイヤモンドがキラキラしています。
da.i.ya.mo.n.do.ga./ki.ra.ki.ra.shi.te.i.ma.su.
鑽石發出耀眼的光芒。

希望にあふれて目をキラキラと輝かしていま

す。
ki.bo.u.ni./a.fu.re.te./me.o./ki.ra.ki.ra.to./ka.ga.
ya.ka.shi.te./i.ma.su.
因為充滿了希望所以眼中散發出耀眼光芒。

ピカピカ

pi. ka. pi. ka.

閃亮

解説

「ピカピカ」是閃閃發光的意思。通常是用在人為的事物上。「キラキラ」和「ピカピカ」都是亮晶晶的意思。但是「キラキラ」有自然燦爛的感覺，而「ピカピカ」則是人為讓它閃閃發光的感覺。

實用例句

床がピカピカに光っています。

yu.ka.ga./pi.ka.pi.ka.ni./hi.ka.tte./i.ma.su.

地板擦得閃閃發亮。

買ったばかりのピカピカの車。

ka.tta.ba.ka.ri.no./pi.ka.pi.ka.no./ku.ru.ma.

剛買來閃閃發亮的車。

ライトがピカピカ光っています。

ra.i.to.ga./pi.ka.pi.ka./hi.ka.tte./i.ma.su.

燈光閃閃發亮。

靴をピカピカに磨きます。

ku.tsu.o./pi.ka.pi.ka.ni./mi.ga.ki.ma.su.

把鞋子擦到發亮。

声
こえ
ko. e.
聲音

解説

「声」是人或動物、昆蟲等動物所發出的聲音。

實用例句

声を出して。
ko.e.o./da.shi.te.
大聲一點。

声を掛けてはじめて人違いだと分かりまし

た。
ko.e.o./ka.ke.te./ha.ji.me.te./hi.to.chi.ga.i.da.to./
wa.ka.ri.ma.shi.ta.
出聲打招呼後就發覺認錯人了。

犬の鳴き声が聞こえます。
i.nu.no./na.ki.go.e.ga./ki.ko.e.ma.su.
聽到狗的叫聲。

声が聞こえません。
ko.e.ga./ki.ko.e.ma.se.n.
聽不見聲音。

おと
音
o. to.
聲音

解説

「音」是指非生物或植物所發出的聲響。在中文裡面，不管是什麼東西發出的聲響，都稱為聲響。但是在日文，「声」是指人或動物等生命體發出的聲音。而「音」則是指植物或沒有生命的事物發出的聲音。

實用例句

くるま おと
車の音がうるさいです。
ku.ru.ma.no./o.to.ga./u.ru.sa.i.de.su.
車子的聲音很吵。

テレビの音を小さくしてください。
te.re.bi.no./o.to.o./chi.i.sa.ku.shi.te./ku.da.sa.i.
請把電視的聲音調小。

おと た
音を立てています。
o.to.o./ta.te.te.i.ma.su.
發出聲音。

おと た ぶさほう
音を立てて食べるのは無作法です。
o.to.o./ta.te.te./ta.be.ru.no.wa./bu.sa.ho.u.de.su.
吃東西發出聲音是不禮貌的。

がいじん
外人
ga. i. ji. n.
外國人

解説

日文裡，「外国人（がいこくじん）」又可以稱為「外人（がいじん）」。而中文的「外人」「陌生人」，在日文則是「他人（たにん）」。

實用例句

えきまえ　がいじん　から
駅前で外人に絡まれました。
e.ki.ma.e.de./ga.i.ji.n.ni./ka.ra.ma.re.ma.shi.ta.
在車站前被外國人找麻煩。

しごと　なか　い　　　がいじん
仕事で仲の良い外人さんがいます。
shi.go.to.de./na.ka.no./i.i.ga.i.ji.n.sa.n.ga./i.ma.su.
在工作上有交情不錯的外國人。

　　　　がいじん　　　　てんいん　　　　　み
あの外人さんは店員さんをじーっと見つめて

います。
a.no.ga.i.ji.n.sa.n.wa./te.n.i.n.sa.no./ji.i.tto./mi.tsu.me.te./i.ma.su.
那個外國人一直盯著店員看。

他人
たにん
ta. ni. n.

陌生人

解説

「他人」是指無關的陌生人。

實用例句

この仕事のつらさは他人にはわからないで

す。

ko.no.shi.go.to.no./tsu.ra.sa.wa./ta.ni.n.ni.wa./
wa.ka.ra.na.i.de.su.

這工作的辛苦不是外人能了解的。

他人のことばかり気にします。

ta.ni.n.no.ko.to./ba.ka.ri./ki.ni.shi.ma.su.

光是注意別人的事情。

他人について行ってはいけませんよ。

ta.ni.n.ni./tsu.i.te./i.tte.wa./i.ke.ma.se.n.yo.

不可以跟著陌生人走喔！

遠くの親戚より近くの他人。

to.o.ku.no./shi.n.se.ki.yo.ri./chi.ka.ku.no./ta.ni.n.

遠親不如近鄰。

作業

さぎょう

sa. gyo. u.

作業

解説

　　「作業」是工作程序、操作的意思。在中文「作業」有兩種意思，一是指工作的作業程序，一是指回家功課。而日文「作業」只有「工作的程序」之意。若是要講回家功課之類的作業，在日文是用「宿題」。

實用例句

作業の効率を高めます。

sa.gyo.u.no./ko.u.ri.tsu.o./ta.ka.me.ma.su.

提高工作效率。

一斉に作業を始めます。

i.sse.i.ni./sa.gyo.u.o./ha.ji.me.ma.su.

同時開始作業。

匠が一個一個手作業で作り上げた逸品です。

ta.ku.mi.ga./i.kko.i.kko./te.sa.gyo.u.de./tsu.ku.ri.a.ge.ta./i.ppi.n.de.su.

這是專家們一個個手工製作的夢幻精品。

私藏日語單字學習書

しゅくだい
宿 題
shu. ku. da. i.

功課

解説

「宿題」是功課的意思。

實用例句

宿題をやります。
shu.ku.da.i.o./ya.ri.ma.su.

寫作業。

宿題を家に忘れてしまいました。
shu.ku.da.i.o./i.e.ni./wa.su.re.te./shi.ma.i.ma.shi.
ta.

我把功課放在家裡了。

宿題は全部できました。
shu.ku.da.i.wa./ze.n.bu./de.ki.ma.shi.ta.

功課全部寫完了。

宿題を金曜日までに提出してください。
shu.ku.da.i.o./ki.n.yo.u.bi.ma.de.ni./te.i.shu.tsu.
shi.te./ku.da.sa.i.

作業請在星期五之前交出。

プリント

pu.ri.n.to.

講義

解説

「プリント」是印刷品、講義。上課所發的講義，是用「プリント」，這個字也可以用來表示「列印」。

實用例句

プリントを配ります。
pu.ri.n.to.o./ku.ba.ri.ma.su.
發講義。

このプリントを皆に配っておいてください。
ko.no./pu.ri.n.to.o./mi.na.ni./ku.ba.tte./o.i.te./ku.da.sa.i.
請把這份講義發給大家。

授業プリントを公開します。
ju.gyo.u.pu.ri.n.to.o./ko.u.ka.i.shi.ma.su.
公開上課講義。

こうぎ
講義
ko.u.gi.

授課

解説

「講義」是授課、上課的意思。日文的「講義」並不
等同於中文的「講義」。日文的「講義」一般是指大學或
是專業領域的課程。

實用例句

講義を聴きます。
ko.u.gi.o./ki.ki.ma.su.
聽講課。

講義を受けます。
ko.u.gi.o./u.ke.ma.su.
聽課。/上課。

数学の講義をします。
su.u.ga.ku.no./ko.u.gi.o./shi.ma.su.
上數學課。

今回の講義をサボりました。
ko.n.ka.i.no./ko.u.gi.o./sa.bo.ri.ma.shi.ta.
蹺掉這次的課。

しか
shi.ka.

只

解説

「しか」是「只」的意思，是限定程度、範圍的說法。在使用「しか」的時候，後面一定要用否定句，就如同中文裡面「非…不可」的意思。

實用例句

漫画しか読みません。
ma.n.ga.shi.ka./yo.mi.ma.se.n.

非漫畫不看。／只看漫畫。

仕事しか考えません。
shi.go.to.shi.ka./ka.n.ga.e.ma.se.n.

非工作不想。／只想著工作。

肉しか食べません。
ni.ku.shi.ka./ta.be.ma.se.n.

非肉不吃。／只吃肉。

水しか飲みません。
mi.zu.shi.ka./no.mi.ma.se.n.

非水不喝。／只喝水。

だけ
da. ke.

只

解説

　　「だけ」是限定範圍、種類、分量。及表示程度、比例變化。「しか」和「だけ」的中文意思雖然都是「只有」，但是從例句中可以看出兩者使用方式的不同。「しか」後面只能接否定。「だけ」後面可以是否定也可以是肯定。

實用例句

信号が青いときだけ渡れます。
shi.n.go.ga./a.o.i.to.ki.da.ke./wa.ta.re.ma.su.
只有在燈號是綠色時才可以走。

免許だけ見せてください。
me.n.kyo.da.ke./mi.se.te./ku.da.sa.i.
只要給我看駕照就好。

魚だけ食べられません。
sa.ka.na.da.ke./ta.be.ra.re.ma.se.n.
只有魚不敢吃。

先生だけに教えます。
se.n.se.i.da.ke.ni./o.shi.e.ma.su.
只告訴老師。

また
ma.ta.

再、還

解説

「また」是再、還的意思。

實用例句

また来ます。
ma.ta.ki.ma.su.
會再來。

また失敗しちゃいました。
ma.ta./shi.ppa.i./shi.cha.i.ma.shi.ta.
又失敗了。

また遊びに来てくださいね。
ma.ta./a.so.bi.ni./ki.te.ku.da.sa.i.ne.
下次再來玩吧。

じゃ、また。
ja.ma.ta.
下次見。

まだ

ma. da.

還沒

解説

「まだ」是還沒的意思。和「また」發音相近但意思不同。

實用例句

まだ来ません。
ma.da./ki.ma.se.n.
還沒來。

まだ初心者なので、許してください。
ma.da./sho.shi.n.sha.na.no.de./yu.ru.shi.te./ku.da.sa.i.
還是初學者，請見諒。

まだ考えています。
ma.da./ka.n.ga.e.te./i.ma.su.
我還在想。

まだやめてないですか？
ma.da./ya.me.te./na.i.de.su.ka.
還不放棄嗎？

ほそ
細い
ho.so.i.
瘦、細

解説

「細い」是形容詞，形容事物很細長、纖細。日文形容事物很細、很瘦，是用「細い」。但是這個形容詞卻不可以單獨放在「人」這個名詞前面。

實用例句

からだ　　　　　ほそ
体つきは細いがスタミナはあります。
ka.ra.da.tsu.ki.wa./ho.so.i.ga./su.ta.mi.na.wa./a.ri.ma.su.
身形雖然纖細但是很有精神。

かのじょ　め　　なが ほそ
彼女の目は長細いです。
ka.no.jo.no.me.wa./na.ga.ho.so.i.de.su.
她的眼睛很細長。

かれ　ゆび　ほそ　　　なが
彼の指は細くて長いです。
ka.re.no./yu.bi.wa./ho.so.ku.te./na.ga.i.de.su.
他的手指很細長。

かみ　ほそ
髪が細いです。
ka.mi.ga./ho.so.i.de.su.
頭髮很細。

痩せる
や

ya. se. ru.

變瘦

解説

「痩せます」是動詞，表示變瘦的動作。「痩せている」是形容人很瘦。如果是要説「很瘦的人」，就要用「痩せている人」，而不能用「細い人」。

實用例句

痩せていて背の高い人。
や　　　せ　たか　ひと

ya.se.te./i.te./se.no.ta.ka.i.hi.to.

又瘦又高的人。

病気をしてからだいぶ痩せました。
びょうき　　　　　　　　　　　や

byo.u.ki.o./shi.te.ka.ra./da.i.bu./ya.se.ma.shi.ta.

因為生病所以瘦了很多。

ダイエットしているのに全然痩せられません。
ぜんぜん　や

da.i.e.tto./shi.te.i.ru.no.ni./ze.n.ze.n./ya.se.ra.re.ma.se.n.

明明在減肥卻瘦不下來。

ふと
太い
fu. to. i.
粗的

解説

「太い」是粗的意思，用來形容粗的事物。

實用例句

私 の 脚 は 太いです。
wa.ta.shi.no./a.shi.wa./fu.to.i.de.su.
我的腿很粗。

彼は眉毛が太いです。
ka.re.wa./ma.yu.ge.ga./fu.to.i.de.su.
他的眉毛很粗。

あなたの腕は太いですね。
a.na.ta.no./u.de.wa./fu.to.i.de.su.ne.
你的手臂可真粗啊。

この柱の方があの柱より太いです。
ko.no./ha.shi.ra.no.ho.u.ga./a.no.ha.shi.ra.yo.ri./
fu.to.i.de.su.
這根柱子比那根柱子粗。

ふと
太る
fu. to. ru.
變胖

解説

「太る」是發胖的意思，形容體型很胖則是説「太っている」。

實用例句

わたし ふと
私は太っています。
wa.ta.shi.wa./fu.to.tte./i.ma.su.
我很胖。

わたし いぜんふと
私は以前太っていました。
wa.ta.shi.wa./i.ze.n./fu.to.tte./i.ma.shi.ta.
我以前很胖。

ふと
太ってしまいました。
fu.to.tte./shi.ma.i.ma.shi.ta.
不小心胖了。

かれ きょねん ふと
彼は去年より太りました。
ka.re.wa./kyo.ne.n.yo.ri./fu.to.ri.ma.shi.ta.
他比去年胖。

分かる
わ
wa.ka.ru.
了解

解説

「分かる」是「了解」的意思，主要表示內心可以下判斷的狀態。

實用例句

まだ分かりません。
ma.da./wa.ka.ri.ma.se.n.
目前還不知道。

よく分かりません。
yo.ku.wa.ka.ri.ma.se.n.
不太清楚。

意味が分りません。
i.mi.ga./wa.ka.ri.ma.se.n.
搞不懂。

分かりました。
wa.ka.ri.ma.shi.ta.
我了解了。

知る
し

shi.ru.

知道

解説

「知る」是指單純的「知道」，沒有深入了解，程度
較「分かる」淺。
わ

費用例句

知らないと損します。
し　　　　　　そん

shi.ra.na.i.to./so.n.shi.ma.su.

不知道就虧大了。

彼の名前は知りません。
かれ　なまえ　し

ka.re.no./na.ma.e.wa./shi.ri.ma.se.n.

不知道他的名字。

はい、彼女を知っています。
かのじょ　し

ha.i./ka.no.jo.o./shi.tte.i.ma.su.

我知道（認識）她。

他に何か知っていますか？
ほか　なに　し

ho.ka.ni./na.ni.ka./shi.tte./i.ma.su.ka.

（除了這個）其他還知道什麼？

あ
上がる
a. ga. ru.
上升

解説

「上がる」是上升、走上去的意思。

實用例句

階段を上がって、右にあります。
ka.i.da.n.o./a.ga.tte./mi.gi.ni./a.ri.ma.su.
上了樓梯後在右邊。

1 階から 5 階まで歩いて上がりました。
i.kka.i.ka.ra./go.ka.i.ma.de./a.ru.i.te./a.ga.ri.ma.
shi.ta.
從 1 樓爬樓梯到 5 樓。

屋根が高すぎて上がれません。
ya.ne.ga./ta.ka.su.gi.te./a.ga.re.ma.se.n.
屋頂太高了爬不上去。

先生が演壇に上がります。
se.n.se.i.ga./e.n.da.n.ni./a.ga.ri.ma.su.
老師走上了講台。

乗る
の

no. ru.

搭乗

解説

「乗る」是搭乘、乘坐的意思。搭交通工具會用「乗ります」這個字，我們所說的「上車」，在日文則是用「乗る」這個單字。而上樓梯或是上升，則是用「上がる」。

實用例句

つぎ でんしゃ の
次の電車に乗ります。
tsu.gi.no./de.n.sha.ni./no.ri.ma.su.
坐下一班火車。

ひこうき の
飛行機に乗ります。
hi.ko.u.ki.ni./no.ri.ma.su.
搭飛機。

バイクに乗ります。
ba.i.ku.ni./no.ri.ma.su.
騎機車。

くるま の
車に乗ります。
ku.ru.ma.ni./no.ri.ma.su.
搭車。

眠る
ねむ

ne.mu.ru.

睡著

解説

「眠る」是睡著的意思。
ねむ

實用例句

眠りに落ちます。
ねむ　お

ne.mu.ri.ni./o.chi.ma.su.

睡著。

ぐっすりと眠ります。
ねむ

gu.ssu.ri.to./ne.mu.ri.ma.su.

睡得很熟。

寒くて眠れません。
さむ　ねむ

sa.mu.ku.te./ne.mu.re.ma.se.n.

很冷所以睡不著。

寝る前コーヒーを飲んじゃって眠れません。
ね　まえ　　　　　　　の　　　　　　　ねむ

ne.ru.ma.e./ko.o.hi.i.o./no.n.ja.tte./ne.mu.re.ma.
se.n.

因為睡前喝了咖啡所以睡不著。

ね
寝る
ne. ru.
睡、躺

解説

「寝る」是指廣義的睡覺、或是躺著，但不一定是真的睡著。「寝る」和「眠る」都有睡覺的意思。「寝ます」是指廣義「睡覺」，就是躺下睡覺的動作。無論是躺下、打瞌睡、休息片刻，都可以用「寝ます」。但是「眠る」就是指「睡著」的動作，有熟睡之意。

實用例句

寝ながら小説を読みます。
ne.na.ga.ra./sho.u.se.tsu.o./yo.mi.ma.su.
邊躺著邊看小説。

芝生の上に寝ています。
shi.ba.fu.no./u.e.ni./ne.te.i.ma.su.
躺在草皮上。

よく寝ました。
yo.ku./ne.ma.shi.ta.
睡得很好。

この間
あいだ
ko. no. a. i. da.

前陣子

解説

「この間」是前些日子、前陣子的意思。通常是指不久以前的事情。

實用例句

この間お世話になりました。
ko.no.a.i.da./o.se.wa.ni./na.ri.ma.shi.ta.
前陣子受你照顧了。

この間、田中さんに会いました。
ko.no.a.i.da./ta.na.ka.sa.n.ni./a.i.ma.shi.ta.
前些日子和田中先生見過面。

この間、将棋を学びました。
ko.no.a.i.da./sho.u.gi.o./ma.na.bi.ma.shi.ta.
前陣子學了將棋。

この間はどうも。
ko.no.a.i.da.wa./do.u.mo.
前些日子謝謝你了。

この頃
ご ろ

ko. no. go. ro.

最近

解説

「この頃」是最近、這陣子的意思。

實用例句

この頃、蒸し暑いです。
ご ろ　　む　あつ

ko.no.go.ro./mu.shi.a.tsu.i.de.su.

最近天氣很悶熱。

この頃はよく雨が降ります。
ご ろ　　　　あめ　ふ

ko.no.go.ro.wa./yo.ku./a.me.ga./fu.ri.ma.su.

最近常常下雨。

この頃頻繁に頭痛がします。
ご ろひんぱん　ず つう

ko.no.go.ro./hi.n.pa.n.ni/zu.tsu.u.ga./shi.ma.su.

最近常常頭痛。

この頃はやっと涼しくなってきました。
ご ろ　　　　　　すず

ko.no.go.ro.wa./ya.tto./su.zu.shi.ku.na.tte./ki.ma.
shi.ta.

最近天氣終於變涼了。

におい

ni.o.i.

味道、臭味

解説

「におい」可以寫成「臭い」或是「匂い」；如果寫成「臭い」時表示的是臭味，寫成「匂い」則單純指味道。

實用例句

生臭いにおいがします。
na.ma.gu.sa.i./ni.o.i.ga./shi.ma.su.
有腥味。

変なにおいがします。
he.n.na./ni.o.i.ga./shi.ma.su.
有奇怪的味道。

これは物ににおいをつける薬剤です。
ko.re.wa./mo.no.ni./ni.o.i.o./tsu.ke.ru./ya.ku.za.i.de.su.
這是讓東西有味道的藥。

実に嫌なにおいです。
ji.tsu.ni./i.ya.na./ni.o.i.de.su.
真是討厭的味道。

香り
かお
ka.o.ri.

香味

解説

「香り」是指香味等令人感到愉悅的氣味，也可以引申為悅人的氣氛、磁場的意思。

實用例句

この花はいい香りがします。
ko.no.ha.na.wa./i.i.ka.o.ri.ga./shi.ma.su.
這朵花很香。

香りが広がります。
ka.o.ri.ga./hi.ro.ga.ri.ma.su.
香氣四溢。

花の香がします。
ha.na.no./ka.o.ri.ga./shi.ma.su.
有花的香氣。

部屋はコーヒーの香りが充満しています。
he.ya.wa./ko.o.hi.i.no./ka.o.ri.ga./ju.u.ma.n.shi.te./
i.ma.su.
房間裡充滿了咖啡的香味。

きゅうくつ
窮 屈
kyu.u.ku.tsu.

侷促

解説

「窮屈」は狭小侷促的意思。

實用例句

その部屋は狭くて窮屈です。
so.no./he.ya.wa./se.ma.ku.te./kyu.u.ku.tsu.de.su.
那個房間很狹窄侷促。

きつい服を着て窮屈に感じました。
ki.tsu.i./fu.ku.o./ki.te./kyu.ku.tsu.ni./ka.n.ji.ma.shi.
ta.
穿著很緊的衣服，覺得很侷促。

この環境に窮屈さを感じています。
ko.no.ka.n.kyo.u.ni./kyu.u.ku.tsu.sa.o./ka.n.ji.te./
i.ma.su.
在這環境下感到很侷促。

窮屈な感じがします。
kyu.u.ku.tsu.na./ka.n.ji.ga./shi.ma.su.
感到很侷促。

退屈
ta. i. ku. tsu.

無聊

解説

「退屈」是感到無聊、無趣的意思。

實用例句

授業は退屈です。
ju.gyo.u.wa./ta.i.ku.tsu.de.su.
上課很無聊。

その仕事は退屈です。
so.no./shi.go.to.wa./ta.i.ku.tsu.de.su.
那個工作很無聊。

彼は退屈そうです。
ka.re.wa./ta.i.ku.tsu.so.u.de.su.
他看起來好像很無聊。

退屈で死にそうです。
ta.i.ku.tsu.de./shi.ni.so.u.de.su.
無聊得要命。

うっかり
u. kka. ri.

不小心

解説

　　「うっかり」是不小心、不是故意的意思，表示一時迷糊或一時失誤的意思。

實用例句

彼はうっかり転んでしまったので、恥ずかしがっていました。
ka.re.wa./u.kka.ri./ko.ro.n.de./shi.ma.tta.no.de./ha.zu.ka.shi.ga.tte./i.ma.shi.ta.
他不小心跌倒，所以覺得很丟臉。

うっかり口が滑りました。
u.kka.ri./ku.chi.ga./su.be.ri.ma.shi.ta.
不小心溜嘴。

うっかり間違えました。
u.kka.ri./ma.chi.ga.e.ma.shi.ta.
不小心搞錯了。

ぼんやり

bo. n. ya. ri.

模糊、出神

解説

「ぼんやり」是指恍神或是事物模糊不清的樣子。

實用例句

ぼんやりした影です。
bo.n.ya.ri./shi.ta./ka.ge.de.su.
模糊的影子。

ぼんやりと覚えています。
bo.n.ya.ri.to./o.bo.e.te./i.ma.su.
隱約記得。

ぼんやりと見えます。
bo.n.ya.ri.to./mi.e.ma.su.
隱約可見。

まだ頭がぼんやりしています。
ma.da./a.ta.ma.ga./bo.n.ya.ri./shi.te.i.ma.su.
頭腦還不清楚。

あっさり

a.ssa.ri.

清淡、個性乾脆

解説

「あっさり」可以用來形容味道清淡，也可以用來形容個性很乾脆。

實用例句

あっさりした食事<ruby>食事<rt>しょくじ</rt></ruby>をします。
a.ssa.ri.shi.ta./sho.ku.ji.o./shi.ma.su.
吃清淡的食物。

味<ruby>味<rt>あじ</rt></ruby>があっさりしています。
a.ji.ga./a.ssa.ri./shi.te.i.ma.su.
味道很清淡。

あっさりした人<ruby>人<rt>ひと</rt></ruby>です。
a.ssa.ri./shi.ta./hi.to.de.su.
個性乾脆的人。

彼女<ruby>彼女<rt>かのじょ</rt></ruby>はあっさりと答<ruby>答<rt>こた</rt></ruby>えました。
ka.no.jo.wa./a.ssa.ri.to./ko.ta.e.ma.shi.ta.
她很乾脆地回答。

さっぱり
sa. ppa. ri.
清爽

解説

「さっぱり」用來形容味道時，是清爽的意思，另外也可以用來形容人。另外也有「完全不知情」的意思。

實用例句

さっぱりした料理（りょうり）です。
sa.ppa.ri.shi.ta./ryo.u.ri.de.su.
味道清爽的食物。

それはさっぱりしておいしいです。
so.re.wa./sa.ppa.ri.shi.te./o.i.shi.i.de.su.
那很清爽好吃。

私（わたし）はさっぱりとした料理（りょうり）が好（す）きです。
wa.ta.shi.wa./sa.ppa.ri.to.shi.ta./ryo.u.ri.ga./su.ki.de.su.
我喜歡清爽的料理。

さっぱりわかりません。
sa.ppa.ri./wa.ka.ri.ma.se.n.
完全不知道。

にこにこ
ni. ko. ni. ko.
笑咪咪

解説

「にこにこ」是笑咪咪、笑盈盈的意思，用來形容人帶著親切的笑容。

實用例句

<ruby>彼<rt>かれ</rt></ruby>はにこにこしています。
ka.re.wa./ni.ko.ni.ko./shi.te.i.ma.su.
他笑咪咪的。

<ruby>彼女<rt>かのじょ</rt></ruby>はいつもにこにこしています。
ka.no.jo.wa./i.tsu.mo./ni.ko.ni.ko./shi.te.i.ma.su.
她總是笑咪咪的。

<ruby>彼<rt>かれ</rt></ruby>はにこにこしながら<ruby>私<rt>わたし</rt></ruby>に<ruby>近<rt>ちか</rt></ruby>づいてきました。
ka.re.wa./ni.ko.ni.ko./shi.na.ga.ra./wa.ta.shi.ni./chi.ka.zu.i.te./ki.ma.shi.ta.
他笑咪咪地向我靠近。

<ruby>彼<rt>かれ</rt></ruby>はにこにこしながら<ruby>言<rt>い</rt></ruby>いました。
ka.re.wa./ni.ko.ni.ko./shi.na.ga.ra./i.i.ma.shi.ta.
他笑咪咪地講了。

にやにや
ni. ya. ni. ya.
奸笑

解説

「にやにや」是奸笑的意思，通常是用在形容打著鬼
主意的人所露出的笑容。

實用例句

彼はにやにや笑っています。
ka.re.wa./ni.ya.ni.ya./wa.ra.tte./i.ma.su.
他奸詐地笑著。

にやにやするのはやめて。
ni.ya.ni.ya./su.ru.no.wa./ya.me.te.
不要這樣奸笑。

さっきからあの人1人でにやにやしていま

す。
sa.kki.ka.ra./a.no.hi.to./hi.to.ri.de./ni.ya.ni.ya./shi.
te.i.ma.su.
那個人從剛剛就露出奸笑。

なににやにやしてるんだよ。
na.ni./ni.ya.ni.ya./shi.te.ru.n.da.yo.
幹嘛露出奸詐地笑容啦。

寒い

さむ

sa.mu.i.

寒冷

解説

「寒い」是指天氣寒冷。另外說講話或氣氛很冷，也可以用「寒い」。

實用例句

今日は寒いです。
kyo.u.wa./sa.mu.i.de.su.
今天很冷。

そこは寒いです。
so.ko.wa./sa.mu.i.de.su.
那裡很冷。

外はとても寒いです。
so.to.wa./to.te.mo./sa.mu.i.de.su.
外面很冷。

寒い冬が来ました。
sa.mu.i./fu.yu.ga./ki.ma.shi.ta.
寒冷的冬天來了。

冷たい
つめ

tsu.me.ta.i.

冰涼、冷淡

解説

「冷たい」是冰涼的意思，通常用來形容飲料、水等物體。也可以形容人的態度冷淡。

實用例句

冷たい飲み物が飲みたいです。
つめ　　の　もの　　　の

tsu.me.ta.i./no.mi.mo.no.ga./no.mi.ta.i.de.su.

想喝冰涼的飲料。

冷たい飲みものを飲みます。
つめ　　の　　　　　の

tsu.me.ta.i./no.mi.mo.no.o./no.mi.ma.su.

喝冰涼的飲料。

かき氷はとても冷たいです。
こおり　　　　　　　つめ

ka.ki.go.o.ri.wa./to.te.mo./tsu.me.ta.i.de.su.

刨冰很冰。

彼は私に冷たいです。
かれ　わたし　つめ

ka.re.wa./wa.ta.shi.ni./tsu.me.ta.i.de.su.

他對我很冷淡。

涼しい
すず

su.zu.shi.i.

涼爽

解説

「涼しい」是指天氣很舒服涼爽。而「寒い」則是形容天氣很冷，兩者的體感不同。

實用例句

今日は涼しいです。
きょう　すず

kyo.u.wa./su.zu.shi.i.de.su.

今天很涼爽。

ここはとても涼しいです。
すず

ko.ko.wa./to.te.mo./su.zu.shi.i.de.su.

這裡很涼爽。

今日は昨日より涼しいです。
きょう　きのう　すず

kyo.u.wa./ki.no.u.yo.ri./su.zu.shi.i.de.su.

今天比昨天涼爽。

冷房のおかげでこの部屋は涼しいです。
れいぼう　　　　　へや　すず

re.i.bo.u.no./o.ka.ge.de./ko.no.he.ya.wa./su.zu.shi.i.de.su.

多虧有冷氣，這房間變得很涼。

お湯
ゆ

o. yu.

熱水、洗澡水

解説

「お湯」是開水、熱水、洗澡水的意思。和中文「湯」
的意思不同。

實用例句

お湯が沸きましたよ。
o.yu.ga./wa.ki.ma.shi.ta.yo.

水滾囉。/ 洗澡水好了。

シャワーのお湯が出ません。
sha.wa.a.no./o.yu.ga./de.ma.se.n.

淋浴間沒有熱水。

砂糖をお湯で溶かしてください。
sa.to.u.o./o.yu.de./to.ka.shi.te.ku.da.sa.i.

加入熱水把砂糖溶解。

コーヒーを入れる為にお湯を沸かしていま
す。
ko.o.hi.i.o./i.re.ru./ta.me.ni./o.yu.o./wa.ka.shi.te./
i.ma.su.

為了泡咖啡煮開水。

スープ

su. u. pu.

湯

解説

　「スープ」是湯的意思，通常是指外來的湯品，如果是日式料理的湯則是「汁」。

實用例句

スープを飲みます。

su.u.pu.o./no.mi.ma.su.

喝湯。

鳥ガラでスープを作りました。

to.ri.ga.ra.de./su.u.pu.o./tsu.ku.ri.ma.shi.ta.

用雞骨頭熬湯。

野菜スープください。

ya.sa.i.su.u.pu./ku.da.sa.i.

給我蔬菜湯。

濃厚なスープが好きです。

no.u.ko.u.na./su.u.pu.ga./su.ki.de.su.

我喜歡濃醇的湯。

みず
水
mi.zu.

水

解説

　「水」是水的意思，除了一般的水，一般常溫開水也，
可以説「白湯」。

實用例句

水がいりません。
mi.zu.ga./i.ri.ma.se.n.
不需要水。

ここのお水はおいしいです。
ko.ko.no./o.mi.zu.wa./o.i.shi.i.de.su.
這裡的水很好喝。

水が飲みたいです。
mi.zu.ga./no.mi.ta.i.de.su.
我想喝水。

水ください。
mi.zu.ku.da.sa.i.
請給我水。

編輯小叮嚀

把容易搞混的單字
連同例句一起練習

使用日文時不再害怕用錯單字

自他動詞 篇

壊れる
ko.wa.re.ru.
壊掉

解説

　　「壊れる」是自動詞，表示物品壞掉，主詞是物品本身。

實用例句

机が壊れました。
tsu.ku.e.ga./ko.wa.re.ma.shi.ta.
桌子壞了。

スマホが落ちて壊れました。
su.ma.ho.ga./o.chi.te./ko.wa.re.ma.shi.ta.
手機掉到地上壞了。

エアコンが壊れました。
e.a.ko.n.ga./ko.wa.re.ma.shi.ta.
冷氣壞了。

この部品がよく壊れます。
ko.no.bu.hi.n.ga./yo.ku.ko.wa.re.ma.su.
這個零件很容易壞。

こわ
壊す
ko. wa. su.

破壊

解説

「壊す」是破壊、弄壊的意思，主詞是人。

實用例句

けいかく こわ
計画を壊します。
ke.i.ka.ku.o./ko.wa.shi.ma.su.
破壞計畫。

だれ まど こわ
誰が窓を壊したのですか？
da.re.ga./ma.do.o./ko.wa.shi.ta.no./de.su.ka.
是誰把窗戶弄壞的？

かろう からだ こわ
過労で体を壊しました。
ka.ro.u.de./ka.ra.da.o./ko.wa.shi.ma.shi.ta.
因為太勞累所以把身體弄壞了。

かれ はこ こわ
彼はその箱を壊しました。
ka.re.wa./so.no.ha.ko.o./ko.wa.shi.ma.shi.ta.
他把那個箱子弄壞了。

<ruby>上<rt>あ</rt></ruby>げる

a. ge. ru.

提升

解説

「<ruby>上<rt>あ</rt></ruby>げる」是提升的意思，屬於他動詞，主詞是人。

實用例句

<ruby>成績<rt>せいせき</rt></ruby>を<ruby>上<rt>あ</rt></ruby>げます。
se.i.se.ki.o./a.ge.ma.su.
成績變好。

<ruby>効果<rt>こうか</rt></ruby>を<ruby>上<rt>あ</rt></ruby>げます。
ko.u.ka.o./a.ge.ma.su.
提高效果。

スピードを<ruby>上<rt>あ</rt></ruby>げます。
su.pi.i.do.o./a.ge.ma.su.
提高速度。

<ruby>税金<rt>ぜいきん</rt></ruby>を<ruby>上<rt>あ</rt></ruby>げました。
ze.i.ki.n.o./a.ge.ma.shi.ta.
提高了稅金。

あ
上がる
a. ga. ru.
上升

解説

「上がる」是上升的意思，主詞是物品。

實用例句

ねつ　あ
熱が上がりました。
ne.tsu.ga./a.ga.ri.ma.shi.ta.
溫度上升了。

ぶっか　あ
物価が上がりました。
bu.kka.ga./a.ga.ri.ma.shi.ta.
物價上升了。

そうば　あ
相場が上がりました。
so.u.ba.ga./a.ga.ri.ma.shi.ta.
行情上升了。

ねだん　　せんえんあ
値段が千円上がりました。
ne.da.n.ga./se.n.e.n./a.ga.ri.ma.shi.ta.
價格上漲了 1000 日圓。

下^さげる

sa. ge. ru.

降低

解説

「下^さげる」是降低的意思，於屬於他動詞，主詞是人，受詞是事物。

實用例句

エアコンの温度^{おんど}を下^さげて。
e.a.ko.n.no./o.n.do.o./sa.ge.te.
請你把冷氣的溫度調低。

好感度^{こうかんど}を下^さげました。
ko.u.ka.n.do.o./sa.ge.ma.shi.ta.
讓好感度下降了。

値段^{ねだん}を下^さげます。
ne.da.n.no./sa.ge.ma.su.
調低價格。

ボリュームを下^さげます。
bo.ryu.u.mu.o./sa.ge.ma.su.
降低音量。

下がる
さ

sa. ga. ru.

下降

解説

「下がる」是下降的意思，屬於自動詞，主詞是事物。

實用例句

温度が下がります。
お ん ど　さ

o.n.do.ga./sa.ga.ri.ma.su.

温度下降。

物価が下がります。
さ

bu.kka.ga./sa.ga.ri.ma.su.

物價下降。

収 入 が下がりました。
しゅうにゅう　さ

shu.u.nyu.u.ga./sa.ga.ri.ma.shi.ta.

收入減少了。

価値が下がりました。
か ち　さ

ka.chi.ga./sa.ga.ri.ma.shi.ta.

價值下降了。

つた
伝える
tsu.ta.e.ru.
傳達

解説

「伝える」是傳達、表達的意思，主詞是人。

實用例句

つぎつぎ   つた
次々とニュースを伝えます。
tsu.gi.tsu.gi.to./nyu.u.su.o./tsu.ta.e.ma.su.

接連著傳達新聞。

あいて   い し   つた
相手に意思を伝えます。
a.i.te.ni./i.shi.o./tsu.ta.e.ma.su.

向對方表達自己的想法。

かのじょ   でんごん   つた
彼女に伝言を伝えてもらっていいですか？
ka.no.jo.ni./de.n.go.n.o./tsu.ta.e.te./mo.ra.tte./
i.i.de.su.ka.

可以請你傳話給她嗎？

かれ あ   き も   つた
彼に会って気持ちを伝えたいです。
ka.re.ni./a.tte./ki.mo.chi.o./tsu.ta.e.ta.i.de.su.

想和他碰面，表達自己的心情。

伝わる
つた

tsu.ta.wa.ru.

流傳

解説

「伝わる」是流傳的意思，屬於自動詞，主詞是事物。

實用例句

お茶は中国から伝わりました。

o.cha.wa./chu.u.go.ku.ka.ra./tsu.ta.wa.ri.ma.shi.ta.

茶是從中國傳來的。

それが彼らの伝統で、代々伝わっています。

so.re.ga./ka.re.ra.no./de.n.to.u.de./da.i.da.i./tsu.ta.wa.tte./i.ma.su.

那是他們的傳統，代代相傳。

私の気持ちがあなたに伝わって良かったです。

wa.ta.shi.no./ki.mo.chi.ga./a.na.ta.ni./tsu.ta.wa.tte./yo.ka.tta.de.su.

我的心情能傳達給你真是太好了。

ぶつける

bu. tsu. ke. ru.

碰、撞

解説

「ぶつける」是碰撞的意思，是拿東西去撞擊東西的
意思。

實用例句

くるまでんちゅう
車を電柱にぶつけました。
ku.ru.ma.o./de.n.chu.u.ni./bu.tsu.ke.ma.shi.ta.
開車撞到電線桿。

ひと　いし
人に石をぶつけます。
hi.to.ni./i.shi.o./bu.tsu.ke.ma.su.
對人丟石頭。

じぶん　からだ　あいて
自分の体を相手にぶつけました。
ji.bu.n.no./ka.ra.da.o./a.i.te.ni./bu.tsu.ke.ma.shi.ta.
用自己的身體撞對方。

わたし　くるま
私は車をぶつけてしまいました。
wa.ta.shi.wa./ku.ru.ma.o./bu.tsu.ke.te./shi.
ma.i.ma.shi.ta.
我不小心撞車了。

ぶつかる
bu. tsu. ka. ru.
撞到

解説

「ぶつかる」是撞到的意思，通常是用在人撞上了東西。

實用例句

壁にぶつかりました。
ka.be.ni./bu.tsu.ka.ri.ma.shi.ta.
撞到牆壁。

激しい勢いで物にぶつかりました。
ha.ge.shi.i./i.ki.o.i.de./mo.no.ni./bu.tsu.ka.ri.
ma.shi.ta.
很用力地撞上東西。

真正面にぶつかりました。
ma.sho.u.me.n.ni./bu.tsu.ka.ri.ma.shi.ta.
從正面撞上。

それにぶつかる瞬間、死ぬかと思いました。
so.re.ni./bu.tsu.ka.ru./shu.n.ka.n./shi.nu.ka.to./
o.mo.i.ma.shi.ta.
撞上那個的瞬間，還以為會送命。

決める
き

ki.me.ru.

下決定

解説

「決める」是決定的意思，主詞是人。
き

實用例句

心に決めます。
こころ き

ko.ko.ro.ni./ki.me.ma.su.

在心裡下了決定。

投票で決めます。
とうひょう き

to.u.hyo.u.de./ki.me.ma.su.

用投票決定。

それは誰が決めたのですか？
だれ き

so.re.wa./da.re.ga./ki.me.ta.no./de.su.ka.

那是誰決定的呢？

旅行のルートを決めます。
りょこう き

ryo.ko.u.no./ru.u.to.o./ki.me.ma.su.

決定旅行的路線。

決<ruby>き</ruby>まる
ki.ma.ru.

決定

解説

「決<ruby>き</ruby>まる」也是決定、確定的意思，但主詞是事物。

實用例句

急<ruby>きゅう</ruby>に出張<ruby>しゅっちょう</ruby>が決<ruby>き</ruby>まりました。
kyu.u.ni./shu.ccho.u.ga./ki.ma.ri.ma.shi.ta.
突然決定要出差。

1<ruby>いち</ruby> 時間<ruby>じかん</ruby>で今日<ruby>きょう</ruby>のすべてが決<ruby>き</ruby>まります。
i.chi.ji.ka.n.de./kyo.u.no./su.be.te.ga./ki.ma.ri.ma.su.
用1個小時決定今天所有的事。

私<ruby>わたし</ruby>の家<ruby>いえ</ruby>が決<ruby>き</ruby>まりました。
wa.ta.shi.no./i.e.ga./ki.ma.ri.ma.shi.ta.
我的住居已經決定了。

次<ruby>つぎ</ruby>の行<ruby>ゆ</ruby>き先<ruby>さき</ruby>は決<ruby>き</ruby>まりました。
tsu.gi.no./yu.ki.sa.ki.wa./ki.ma.ri.ma.shi.ta.
下次要去的地方已經決定了。

と
止める
to.me.ru.
停下

解説

「止める」是停下、使停止的意思。

實用例句

血を止めます。
chi.o./to.me.ma.su.
止血。

進歩を止めます。
shi.n.po.o./to.me.ma.su.
阻止進步。

車を止めます。
ku.ru.ma.o./to.me.ma.su.
把車停下。

足を止めました。
a/shi.o./to.me.ma.shi.ta.
停下腳步。

と
止まる
to.ma.ru.
停止

解説

「止まる」是停止的意思，主詞是人事物。

實用例句

急に止まります。
kyu.u.ni./to.ma.ri.ma.su.
突然停止。

痛みは止まりましたか？
i.ta.mi.wa./to.ma.ri.ma.shi.ta.ka.
不痛了嗎？

もうその咳は止まりました。
mo.u./so.no.se.ki.wa./to.ma.ri.ma.shi.ta.
咳嗽止住了。

赤信号で止まりました。
a.ka.shi.n.go.u.de./to.ma.ri.ma.shi.ta.
因為紅燈就停下來了。

はじ
始める
ha.ji.me.ru.
開始

解説

「始める」是開始、動手做某件事的意思。

實用例句

仕事を始めました。
shi.go.to.o./ha.ji.me.ma.shi.ta.
開始工作。

さあ、始めましょう。
sa.a./ha.ji.me.ma.sho.u.
那麼,就開始吧。

調査を始めます。
cho.u.sa.o./ha.ji.me.ma.su.
開始調查。

練習を始めます。
re.n.shu.u.o./ha.ji.me.ma.su.
開始練習。

始まる
はじ

ha.ji.ma.ru.

開始

解説

「始まる」是事物開始的意思，主詞是事物。
はじ

實用例句

授業が始まりました。
じゅぎょう　はじ

ju.u.gyo.u.ga./ha.ji.ma.ri.ma.shi.ta.

開始上課了。

講義が始まりました。
こうぎ　はじ

ko.u.gi.ga./ha.ji.ma.ri.ma.shi.ta.

開始上課了。

何時に始まりますか？
なんじ　はじ

na.n.ji.ni./ha.ji.ma.ri.ma.su.ka.

什麼時候開始？

明日から学校が始まります。
あした　がっこう　はじ

a.shi.ta.ka.ra./ga.kko.u.ga./ha.ji.ma.ri.ma.su.

學校明天就開始上課了。

ひろ
広げる
hi.ro.ge.ru.

展開

解説

「広げる」是使擴張、擴大、展開的意思。

實用例句

視野を広げます。
shi.ya.o./hi.ro.ge.ma.su.

拓展視野。

地図を広げます。
chi.zu.o./hi.ro.ge.ma.su.

展開地圖。

鳥が翼を広げます。
to.ri.ga./tsu.ba.sa.o./hi.ro.ge.ma.su.

鳥展開翅膀。

私は仕事の幅を広げました。
wa.ta.shi.wa./shi.go.to.no./ha.ba.o./hi.ro.ge.ma.
shi.ta.

我拓展工作的範圍。

広がる
ひろ
hi.ro.ga.ru.
擴大、蔓延

解説

「広がる」是事物擴大、蔓延的意思。

實用例句

その炎症は全身に広がりました。
so.no.e.n.sho.u.wa./ze.n.shi.n.ni./hi.ro.ga.ri.
ma.shi.ta.
發炎的症狀蔓延到全身。

私の仕事の幅が広がります。
wa.ta.shi.no./shi.go.to.no./ha.ba.ga./hi.ro.ga.ri.
ma.su.
我工作的範圍擴大了。

火事は四方に広がりました。
ka.ji.wa./shi.ho.u.ni./hi.ro.ga.ri.ma.shi.ta.
火災蔓延到四面八方。

噂は町中に広がりました。
u.wa.sa.wa./ma.chi.ju.u.ni./hi.ro.ga.ri.ma.shi.ta.
傳聞在城裡蔓延開來。

あつ
集める
a.tsu.me.ru.
収集

解説

「集める」是收集的意思。

實用例句

お金を集めます。
o.ka.ne.o./a.tsu.me.ma.su.
募金。

ごみを集めます。
go.mi.o./a.tsu.me.ma.su.
集中收集垃圾。

データを集めます。
de.e.ta.o./a.tsu.me.ma.su.
收集資料。

注目を集めます。
chu.u.mo.ku.o./a.tsu.me.ma.su.
聚集目光。

あつ
集まる
a.tsu.ma.ru.
集合

解説

「集まる」是集合、聚集的意思。

實用例句

私たちはそこに集まります。
wa.ta.shi.ta.chi.wa./so.ko.ni./a.tsu.ma.ri.ma.su.
我們在那裡集合。

客がその売場に集まります。
kya.ku.ga./so.no.u.ri.ba.ni./a.tsu.ma.ri.ma.su.
客人聚集在那個賣場。

彼の周りには人が集まります。
ka.re.no./ma.wa.ri.ni.wa./hi.to.ga./a.tsu.ma.ri.
ma.su.
人們聚集在他的周圍。

特定の目的で集まります。
to.ku.te.i.no./mo.ku.te.ki.de./a.tsu.ma.ri.ma.su.
因為特定的目的而集合。

受かる
う

u. ka. ru.

合格

解説

「受かる」是考試合格、通過考試的意思。
う

實用例句

彼は試験に受かる努力をしました。
かれ　しけん　う　どりょく

ka.re.wa./shi.ke.n.ni./u.ka.ru./do.ryo.ku.o./shi.
ma.shi.ta.

他為了合格而盡力了。

その試験に受かると思いますか？
しけん　う　おも

so.no.shi.ke.n.ni./u.ka.ru.to./o.mo.i.ma.su.ka.

你覺得你會通過那個考試嗎？

あなたがその試験に受かることを祈っていま
しけん　う　いの

す。

a.na.ta.ga./so.no.shi.ke.n.ni./u.ka.ru.ko.to.o./i.no.
tte.i.ma.su.

我祈禱你能通過那個考試。

受_うける

u. ke. ru.

受到、應試

解説

「受_うける」是應試、接受的意思。

實用例句

試験_{しけん}を受_うけます。
shi.ke.n.o./u.ke.ma.su.
參加考試。

手術_{しゅじゅつ}を受_うけます。
shu.ju.tsu.o./u.ke.ma.su.
接受手術。

ダメージを受_うけます。
da.me.e.ji.o./u.ke.ma.su.
受到傷害。

影響_{えいきょう}を受_うけます。
e.i.kyo.u.o./u.ke.ma.su.
受到影響。

生<ruby>う</ruby>まれる
u.ma.re.ru.
出生

解説

「生<ruby>う</ruby>まれる」是出生的意思。

實用例句

子供<ruby>こども</ruby>が生<ruby>う</ruby>まれました。
ko.do.mo.ga./u.ma.re.ma.shi.ta.
小孩出生了。

その土地<ruby>とち</ruby>で生<ruby>う</ruby>まれます。
so.no./to.chi.de./u.ma.re.ma.su.
在那片土地上出生。

彼<ruby>かれ</ruby>は徳島県<ruby>とくしまけん</ruby>で生<ruby>う</ruby>まれした。
ka.re.wa./to.ku.shi.ma.ke.n.de./u.ma.re.ma.shi.ta.
他是在德島縣出生的。

同<ruby>おな</ruby>じ時代<ruby>じだい</ruby>に生<ruby>う</ruby>まれます。
o.na.ji./ji.da.i.ni./u.ma.re.ma.su.
生在同一個時代。

生む

う

u. mu.

生、産

解説

「生む」可以也可以寫成「産む」，是生、產下的意
思。

實用例句

猫が子を生みました。
ねこ こ う
ne.ko.ga./ko.o./u.mi.ma.shi.ta.

貓生了小貓。

彼女が双子を生みました。
かのじょ ふたご う
ka.no.jo.ga./fu.ta.go.o./u.mi.ma.shi.ta.

她生了雙胞胎。

金は金を生みます。
かね かね う
ka.ne.wa./ka.ne.o./u.mi.ma.su.

錢滾錢。

貧困は犯罪を生みます。
ひんこん はんざい う
hi.n.ko.n.wa./ha.n.za.i.o./u.mi.ma.su.

貧困產生犯罪。

お
起きる
o.ki.ru.
起來、發生

解説

「起きる」是有起床的意思，也有事物發生的意思。

實用例句

しち じ　 お
7 時に起きます。
shi.chi.ji.ni./o.ki.ma.su.
7點起床。

あさはや　 お
朝早く起きます。
a.sa.ha.ya.ku./o.ki.ma.su.
早上很早起床。

じしん　 お
地震が起きました。
ji.shi.n.ga./o.ki.ma.shi.ta.
發生了地震。

じ こ　 お
事故が起きました。
ji.ko.ga./o.ki.ma.shi.ta.
發生了事故。

お
起こす
o. ko. su.
引起

解説

「起こす」是引起、引發事件的意思。

實用例句

騒ぎを起こしました。
sa.wa.go.o./o.ko.shi.ma.shi.ta.
引起騷動。

戦争を起こしました。
se.n.so.u.o./o.ko.shi.ma.shi.ta.
引發戰爭。

騒ぎを起こします。
sa.wa.gi.o./o.ko.shi.ma.su.
引起騷動。

訴訟を起こします。
so.sho.u.o./o.ko.shi.ma.su.
興起訴訟。

おりる
o.ri.ru.

下

解説

「おりる」可以寫成「下りる」也可以寫成「降りる」，是從某個地方下來的意思。

實用例句

山をおります。
ya.ma.o./o.ri.ma.su.
下山。

幕がおります。
ma.ku.ga./o.ri.ma.su.
幕降下來。

地面におります。
ji.me.n.ni./o.ri.ma.su.
下到地面。

演壇からおります。
e.n.da.n.ka.ra./o.ri.ma.su.
從講台上下來。

おろす

o. ro. su.

放下、卸下

解説

「下<ruby>ろす<rt>お</rt></ruby>」是把東西放下、卸下的意思。

實用例句

<ruby>車<rt>くるま</rt></ruby>から<ruby>荷物<rt>にもつ</rt></ruby>をおろします。

ku.ru.ma.ka.ra./ni.mo.tus.o./o.ro.shi.ma.su.

從車上把行李卸下。

<ruby>棚<rt>たな</rt></ruby>から<ruby>本<rt>ほん</rt></ruby>をおろします。

ta.na.ka.ra./ho.n.o./o.ro.shi.ma.su.

把書從櫃子上撤下來。

<ruby>お金<rt>かね</rt></ruby>を<ruby>銀行<rt>ぎんこう</rt></ruby>からおろします。

o.ka.ne.o./gi.n.ko.u.ka.ra./o.ro.shi.ma.su.

從銀行領了錢出來。

<ruby>屋根<rt>やね</rt></ruby>の<ruby>積雪<rt>せきせつ</rt></ruby>をおろします。

ya.ne.no./se.ki.se.tsu.o./o.ro.shi.ma.su.

把屋頂上的積雪清下來。

お
終わる
o.wa.ru.
結束

解説

「終わる」是事物結束的意思，主詞是事物。

實用例句

夏が終わりました。
na.tsu.ga./o.wa.ri.ma.shi.ta.
夏天結束了。

いつ終わりますか？
i.tsu./o.wa.ri.ma.su.ka.
什麼時候結束呢？

もうすぐ仕事が終わります。
mo.u.su.gu./shi.go.to.ga./o.wa.ri.ma.su.
工作快結束了。

手続きが終わりました。
te.tsu.zu.ki.ga./o.wa.ri.ma.shi.ta.
完成手續了。

私藏日語 單字學習書

お
終える
o. e. ru.
完成

解説

「終える」是把事物完成的意思，主詞是人。

實用例句

食事を終えます。
sho.ku.ji.o./o.e.ma.su.
吃完飯。

映画の撮影を終えます。
e.i.ga.no./sa.tsu.e.i.o./o.e.ma.su.
完成電影的拍攝。

8 時に仕事を終えるでしょう。
ha.chi.ji.ni./shi.go.to.o./o.e.ru./de.sho.u.
應該能在 8 點把工作完成。

それをなるべく早く終えます。
so.re.o./na.ru.be.ku./ha.ya.ku./o.e.ma.su.
盡量早點完成那件事。

か
欠ける
ka.ke.ru.
缺乏

解説

「欠ける」是缺乏的意思，常用的句型是「～に欠ける」。

實用例句

責任感に欠けます。
se.ki.ni.n.ka.n.ni./ka.ke.ma.su.
缺乏責任感。

彼は経験に欠けます。
ka.re.wa./ke.i.ke.n.ni./ka.ke.ma.su.
他缺乏經驗。

この製品は耐水性に欠けます。
ko.no.se.i.hi.n.wa./ta.i.su.i.se.i.ni./ka.ke.ma.su.
這個產品缺乏防水性。

その説明は説得力に欠けます。
so.no.se.tsu.me.i.wa./se.tto.ku.ryo.ku.ni./ka.ke.
ma.su.
那個說明缺乏說服力。

か
欠く
ka. ku.
欠缺

解説

「欠く」是欠缺的意思，常用的句型是「～を欠く」。

實用例句

かれ けつだんりょく か
彼は決断力を欠きます。
ka.re.wa./ke.tsu.da.n.ryo.ku.o./ka.ki.ma.su.
他欠缺決策能力。

じしん か
自信を欠きます。
ji.shi.n.o./ka.ki.ma.su.
缺乏自信。

りかい か
理解を欠きます。
ri.ka.i.o./ka.ki.ma.su.
欠缺體諒。

いっかんせい か
一貫性を欠きます。
i.kka.n.se.i.o./ka.ki.ma.su.
欠缺一致性。

かく
隠れる
ka.ku.re.ru.
躲、藏

解説

「隠れる」是躲、藏之意，也有潛伏、暗藏的意思。

實用例句

ドアの後ろに隠れます。
do.a.no./u.shi.ro.ni./ka.ku.re.ma.su.
躲在門後面。

日が出ると星が隠れます。
hi.ga.de.ru.to./ho.shi.ga./ka.ku.re.ma.su.
太陽出現時，星星就躲起來。

狐が穴に隠れます。
ki.tsu.ne.ga./a.na.ni./ka.ku.re.ma.su.
狐狸躲在洞穴裡。

逃げて山に隠れています。
ni.ge.te./ya.ma.ni./ka.ku.re.te./i.ma.su.
逃到山裡躲起來。

かく

隠す
ka. ku. su.

藏起來

解説

「隠す」是藏匿、埋藏，把東西藏起來的意思。

實用例句

悲しみを隠します。
ka.na.shi.mi.o./ka.ku.shi.ma.su.
隱藏自己的悲傷。

本心を隠します。
ho.n.shi.n.o./ka.ku.shi.ma.su.
把真正的心意隱藏起來。

私はそのお金を隠します。
wa.ta.shi.wa./so.no./o.ka.ne.o./ka.ku.shi.ma.su.
我把那筆錢藏起來了。

見つけられないように隠します。
mi.tsu.ke.ra.re.na.i.yo.u.ni./ka.ku.shi.ma.su.
藏起來不讓別人找到。

かさ
重なる
ka. sa. na. ru.

重疊

解説

「重^{かさ}なる」是重疊或同時發生的意思。

實用例句

不幸^{ふこう}が重^{かさ}なります。
fu.ko.u.ga./ka.sa.na.ri.ma.su.

不幸加上不幸接連而來。

用事^{ようじ}が重^{かさ}なります。
yo.u.ji.ga./ka.sa.na.ri.ma.su.

事情（日程）重疊了。

日曜^{にちよう}と祝日^{しゅくじつ}が重^{かさ}なります。
ni.chi.yo.u.to./shu.ku.ji.tsu.ga./ka.sa.na.ri.ma.su.

國定假日剛好遇上星期日。

箱^{はこ}がたくさん重^{かさ}なっています。
ha.ko.ga./ta.ku.sa.n./ka.sa.na.tte.i.ma.su.

很多箱子疊在一起。

かさ
重ねる
ka. sa. ne. ru.

疊

解説

「重ねる」是疊起、反覆的意思。

實用例句

かみ さん まいかさ
紙を3枚重ねました。
ka.mi.o./sa.n.ma.i./ka.sa.ne.ma.shi.ta.
把3張紙疊在一起。

さら かさ
皿を重ねないでください。
sa.ra.o./ka.sa.ne.na.i.de./ku.da.sa.i.
請不要把盤子疊在一起。

とくてん かさ
得点を重ねました。
to.ku.te.n.o./ka.sa.ne.ma.shi.ta.
連續得點。

しっぱい かさ
失敗を重ねます。
shi.ppa.i.o./ka.sa.ne.ma.su.
反覆失敗。

進む
すす

su. su. mu.

前進

解説

「進む」是向前前進或是事物持續進行的意思。
すす

實用例句

道を進みます。
みち すす

mi.chi.o./su.su.mi.ma.su.

在道路上前進。

ゆっくり進みます。
すす

yu.kku.ri./su.su.mi.ma.su.

緩緩前進。

計画通り進んでいます。
けいかくどお すす

ke.i.ka.ku.do.o.ri./su.su.n.de./i.ma.su.

正依計畫進行。

北へ進みます。
きた すす

ki.ta.e./su.su.mi.ma.su.

往北方前進。

進める
すす

su.su.me.ru.

進行

解説

「進める」是進行事物、使前行的意思。
すす

實用例句

企画を進めます。
きかく　すす

ki.ka.ku.o./su.su.me.ma.su.

進行企畫。

会議をさっさと進めます。
かいぎ　　　　　すす

ka.i.gi.o./sa.ssa.to./su.su.me.ma.su.

讓會議快速進行。

手続を進めます。
てつづき　すす

te.tsu.zu.ki.o./su.su.me.ma.su.

進行手續。

出荷の準備を予定通り進めます。
しゅっか　じゅんび　よていどお　すす

shu.kka.no./ju.n.bi.o./yo.te.i.do.o.ri./su.su.me.ma.
su.

如預期進行出貨的準備。

転ぶ
ころ

ko. ro. bu.

摔跤

解説

「転ぶ」是摔跤、跌倒的意思。
ころ

實用例句

階段を踏み外して転んでしまいました。
かいだん　　ふ　はず　　ころ

ka.i.da.no./fu.mi.ha.zu.shi.te./ko.ro.n.de./shi.ma.i.ma.shi.ta.

因踏空樓梯而摔跤。

子供は滑って転びました。
こども　　すべ　　ころ

ko.do.mo.wa./su.be.tte./ko.ro.bi.ma.shi.ta.

小朋友滑倒了。

石につまずいて前に転びました。
いし　　　　　　　　まえ　ころ

i.shi.ni./tsu.ma.zu.i.te./ma.e.ni./ko.ro.bi.ma.shi.ta.

絆到石頭而往前摔倒。

すてんと転びました。
ころ

su.te.n.to./ko.ro.bi.ma.shi.ta.

重重地摔倒。

転がす
ko. ro. ga. su.

滾動

解説

「転がす」是使物體滾動、轉動的意思。

實用例句

石を転がします。
i.shi.o./ko.ro.ga.shi.ma.su.

滾動石頭。

球を転がします。
ta.ma.o./ko.ro.ga.shi.ma.su.

滾動球。

雪の玉を雪の上で転がします。
yu.ki.no.ta.ma.o./yu.ki.no.u.e.de./ko.ro.ga.shi.
ma.su.

拿雪球在雪上滾。

それをごろごろと転がします。
so.re.o./go.ro.go.ro.to./ko.ro.ga.shi.ma.su.

滾動那個東西。

済む
す
su. mu.
完成、解決

解説

「済む」是完成、解決的意思。

實用例句

１時間で済みます。
いちじかん　す
i.chi.ji.ka.n.de./su.mi.ma.su.
１個小時就能完成。

お詫びをすれば済みます。
わ　　　　　　　　す
o.wa.bi.o./su.re.ba./su.mi.ma.su.
道歉的話就能解決了。

用事が済みました。
ようじ　す
yo.u.ji.ga./su.mi.ma.shi.ta.
要辦的事已經完成了。

もう一息で仕事が済みます。
ひといき　しごと　す
mo.u./hi.to.i.ki.de./shi.go.to.ga./su.mi.ma.su.
再加把勁工作就完成了。

済ます
す
su. ma. su.
做完、應付

解説

「済ます」是完成、做完、應付好的意思。也可以說「済ませる」。

實用例句

勘定を済ましました。
かんじょう　す
ka.n.jo.u.o./su.ma.shi.ma.shi.ta.
已經付好帳了。

食事はもう済ませました。
しょくじ　　　　　　す
sho.ku.ji.wa./mo.u./su.ma.se.ma.shi.ta.
已經吃過飯了。

用事を済まします。
ようじ　　す
yo.u.ji.o./su.ma.shi.ma.su.
把事情辦完。

早く仕事を済ませてしまいなさい。
はや　しごと　す
ha.ya.ku./shi.go.to.o./su.ma.se.te./shi.ma.i.na.sa.i.
快點把工作完成。

ちが
違う
chi.ga.u.
不同

解説

「違う」是不同、錯了的意思。

實用例句

まったく違います。
ma.tta.ku./chi.ga.i.ma.su.
完全不同。

どう違うのですか？
do.u./chi.ga.u.no./de.su.ka.
有什麼不同？

私は彼とは違います。
wa.ta.shi.wa./ka.re.to.wa./chi.ga.i.ma.su.
我和他不同。

それは多分違うでしょう。
so.re.wa./ta.bu.n./chi.a.u./de.sho.u.
我想那應該不一樣吧。

違える
ちが
chi.ga.e.ru.
搞錯、違反

解説

「違える」是搞錯、違反的意思，也可以説「間違える」。亦能加動詞成為「～違える」，如「書き違える」。

實用例句

言葉を違えます。
ことば ちが
ko.do.ba.o./chi.ga.e.ma.su.
説錯話。

服装を違えます。
ふくそう ちが
fu.ku.so.u.o./chi.ga.e.ma.su.
穿錯衣服。

書き違えます。
か ちが
ka.ki.chi.ga.e.ma.su.
寫錯。

約束を違えます。
やくそく ちが
ya.ku.so.ku.o./chi.ga.e.ma.su.,
不遵守約定。

つづ
続く
tsu.zu.ku.
繼續

解説

「続く」是繼續、持續的意思。

實用例句

じかい　つづ
次回に続きます。
ji.ka.i.ni./tsu.zu.ki.ma.su.
下回繼續。

これからも続きます。
ko.re.ka.ra.mo./tsu.zu.ki.ma.su.
接下來也將繼續。

いつまでも続きます。
i.tsu.ma.de.mo./tsu.zu.ki.ma.su.
會一直繼續下去。

じゅうにじ　　　つづ
１２時まで続きます。
ju.u.ni.ji.ma.de./tsu.zu.ki.ma.su.
繼續到 12 點。

続ける
つづ

tsu. zu. ke. ru.

繼續

解説

「続ける」是繼續事物的意思。也可以加上動詞變成「～続ける」，如：「走り続ける」。

實用例句

仕事を続けます。
しごと つづ

shi.go.to.o./tsu.zu.ke.ma.su.

繼續工作。

沈黙を続けます。
ちんもく つづ

chi.n.mo.ku.o./tsu.zu.ke.ma.su.

保持沉默。

会話を続けます。
かいわ つづ

ka.i.wa.o./tsu.zu.ke.ma.su.

持續對話。

走り続けます。
はし つづ

ha.shi.ri.tzu.zu.ke.ma.su.

持續跑下去。

整う
と と の
to.to.no.u.
準備好

解説

「整う」是物品準備好、備齊的意思。

實用例句

必要な物が整いました。
hi.tsu.yo.u.na./mo.no.ga./to.to.no.i.ma.shi.ta.
需要的東西都備齊了。

準備が整いました。
ju.n.bi.ga./to.to.no.i.ma.shi.ta.
準備好了。

夕食の用意が整いました。
yu.u.sho.ku.no./yo.u.i.ga./to.to.no.i.ma.shi.ta.
晚餐準備好了。

整った服装をしています。
to.to.no.tta./fu.ku.so.u.o./shi.te.i.ma.su.
穿著整齊。

整える

ととの

to.to.no.e.ru.

準備、調整

解説

「整える」是他動詞，有調整、準備的意思。

ととの

實用例句

呼吸を整えます。

こきゅう　ととの

ko.kyu.u.o./to.to.no.e.ma.su.

調整呼吸。

髪を整えます。

かみ　ととの

ka.mi.o./to.to.no.e.ma.su.

把頭髮弄整齊。

資金を整えます。

しきん　ととの

shi.ki.n.o./to.to.no.e.ma.su.

準備好資金。

準備をすっかり整えました。

じゅんび　　　　　　　ととの

ju.n.bi.o./su.kka.ri./to.to.no.e.ma.shi.ta.

完全準備好了。

届く
とど
to.do.ku.
送到、碰到

解説

「届く」是事物送到、到達的意思。

實用例句

その手紙が私に届きました。
so.no.te.ga.mi.ga./wa.ta.shi.ni./to.do.ki.ma.shi.ta.
那封信已經寄到我這裡了。

手の届くほど近くにあります。
te.no./to.do.ku./ho.do./chi.ka.ku.ni./a.ri.ma.su.
在伸手可及的地方。

商品が届くのが楽しみです。
sho.u.hi.n.ga./to.do.ku.no.ga./ta.no.shi.mi.de.su.
期待商品寄到。

彼はもう３０に手が届きます。
ka.re.wa./mo.u./sa.n.ju.u.ni./te.ga./to.do.ki.ma.su.
他就快30歲了。

届ける
とど

to.do.ke.ru.

寄送、提交

解説

「届ける」是寄送物品、提交送交的意思。

實用例句

住所の変更を郵便局に届けました。
じゅうしょ へんこう ゆうびんきょく とど

ju.u.sho.no./he.n.ko.u.o./yu.u.bi.n.kyo.ku.ni./to.do.
ke.ma.shi.ta.

向郵局提交地址變更。

それを彼女に届けます。
かのじょ とど

so.re.o./ka.no.jo.ni./to.do.ke.ma.su.

把那個寄到她那裡。

彼らは荷物を届けることができます。
かれ にもつ とど

ka.re.ra.wa./ni.mo.tsu.o./to.do.ke.ru.ko.to.ga./
de.ki.ma.su.

他們可以寄送行李。

その人の家に物を届けます。
ひと いえ もの とど

so.no.hi.to.no./i.e.ni./mo.no.o./to.do.ke.ma.su.

把東西送到那個人家裡。

取れる
と
to. re. ru.
取得

解説

「取れる」是取得的意思，也可以用來說物品掉了，或是去除某物的意思。

實用例句

ここでいい米が取れます。
こめ と
ko.ko.de./i.i.ko.me.ga./to.re.ma.su.
這裡可以取得優質的米。

栄養のバランスが取れます。
えいよう と
e.i.yo.u.no./ba.ra.n.su.ga./to.re.ma.su.
取得營養均衡。

上着のボタンが取れました。
うわぎ と
u.wa.gi.no./bo.ta.n.ga./to.re.ma.shi.ta.
上衣的紐釦掉了。

この薬で痛みが取れました。
くすり いた と
ko.no.ku.su.ri.de./i.ta.mi.ga./to.re.ma.shi.ta.
這個藥可以止痛。

と
取る
to. ru.
取得

解説

「取る」是取得的意思。

實用例句

予約を取ります。
yo.ya.ku.o./to.ri.ma.su.
取得預約。

休暇を取ります。
kyu.u.ka.o./to.ri.ma.su.
取得休假。

学位を取ります。
ga.ku.i.o./to.ri.ma.su.
取得學位。

ノートを取ります。
no.o.to.o./to.ri.ma.su.
記筆記。

なら
並ぶ
na. ra. bu.
並排

解説

「並ぶ」是並列、排列的意思。

實用例句

私はその店の列に並びます。
wa.ta.shi.wa./so.no.mi.se.no./re.tsu.ni./na.ra.bi.ma.su.
去那家店排隊。

列に並びます。
re.tsu.ni./na.ra.bi.ma.su.
排隊。

彼の横に並んでください。
ka.re.no./yo.ko.ni./na.ra.n.de./ku.da.sa.i.
請排在他旁邊。

道の両側に高級マンションが並んでいます。
mi.chi.no./ryo.u.ga.wa.ni./ko.u.kyu.u.ma.n.sho.n.ga./na.ra.n.de./i.ma.su.
高級住宅林立在道路的兩側。

並べる
なら
na. ra. be. ru.
排列

解説

「並べる」是排列物品的意思。
なら

實用例句

商品を棚に並べます。
しょうひん たな なら
sho.u.hi.n.o./ta.na.ni./na.ra.be.ma.su.
把商品排列在架子上。

名前をアルファベット順に並べます。
なまえ じゅん なら
na.ma.e.o./a.ru.fa.be.tto.ju.n.ni./na.ra.be.ma.su.
依字母順排列名字。

食卓に料理を並べます。
しょくたく りょうり なら
sho.ku.ta.ku.ni./ryo.u.ri.o./na.ra.be.ma.su.
把菜肴排在桌上。

机を並べます。
つくえ なら
tsu.ku.e.o./na.ra.be.ma.su.
排列桌子。

増える
ふ

fu. e. ru.

増加

解説

「増える」是增加的意思。

實用例句

体重が増えます。
たいじゅう ふ

ta.i.ju.u.ga./fu.e.ma.su.

體重增加了。

収入が増えます。
しゅうにゅう ふ

shu.u.nyu.u.ga./fu.e.ma.su.

收入增加了。

税金が増えます。
ぜいきん ふ

ze.i.ki.n.ga./fu.e.ma.su.

增稅。

家族が1人増えました。
かぞく ひとり ふ

ka.zo.ku.ga./hi.to.ri./fu.e.ma.shi.ta.

增加了1名家人。

増やす
ふ

fu. ya. su.

増加

解説

「増やす」是使增加的意思。

實用例句

生産量を増やします。
せいさんりょう ふ

se.i.sa.n.ryo.u.o./fu.ya.shi.ma.su.

增加生產量。

英語の勉強時間を増やします。
えいご べんきょうじかん ふ

e.i.go.no./be.n.kyo.u.ji.ka.n.o./fu.ya.shi.ma.su.

增加學英文的時間。

読書は語彙を増やすのに役に立ちます。
どくしょ ごい ふ やく た

do.ku.sho.wa./go.i.o./fu.ya.su.no.ni./ya.ku.ni.ta.chi.ma.su.

閱讀對於增加單字量很有幫助。

体力を増やすように努めます。
たいりょく ふ つと

ta.i.ryo.ku.o./fu.ya.su.yo.u.ni./tsu.to.me.ma.su.

為了增加體力而努力。

曲がる
ma. ga. ru.
拐彎

解説

「曲がる」是拐彎、彎曲的意思。

實用例句

道が左へ曲がっています。
mi.chi.ga./hi.da.ri.e./ma.ga.tte./i.ma.su.
路向左邊彎。

次の角を右へ曲がります。
tsu.gi.no./ka.do.o./mi.gi.e./ma.ga.ri.ma.su.
下一個轉角向右轉。

私の家は角を曲がって2軒目です
wa.ta.shi.no./i.e.wa./ka.do.o./ma.ga.tte./ni.ke.n.me.de.su.
我家是轉角後第2間。

ネクタイが曲がっています。
ne.ku.ta.i.ga./ma.ga.tte./i.ma.su.
領帶歪了。

曲げる
ma. ge. ru.

彎

解説

「曲げる」是彎曲、扭轉事物的意思。

實用例句

膝を曲げます。
hi.za.o./ma.ge.ma.su.
曲膝。

事実を曲げます。
ji.ji.tsu.o./ma.ge.ma.su.
扭曲事實。

ワイヤーを曲げます。
wa.i.ya.a.o./ma.ge.ma.su.
彎曲鋼索。

向かう
mu. ka. u.

向著

解説

「向かう」是對著、向著、朝著的意思。

實用例句

試合会場へ向かいます。
shi.a.i.ka.i.jo.u.e./mu.ka.i.ma.su.
向著考試會場出發。

歩いて会社に向かいます。
a.ru.i.te./ka.i.sha.ni./mu.ka.i.ma.su.
走路去公司。

机に向かいます。
tsu.ku.e.ni./mu.ka.i.ma.su.
向著桌子。(坐在桌子前)

いよいよ春に向かっています。
i.yo.i.yo./ha.ru.ni./mu.ka.tte./i.ma.su.
春天終於快到了。

む
向ける
mu.ke.ru.
向著

解説

「向ける」是使事物朝著、向著的意思。

實用例句

窓の方に顔を向けます。
ma.do.no./ho.u.ni./ka.o.o./mu.ke.ma.su.
把臉向著窗戶的方向。

アメリカに向けて出発します。
a.me.ri.ka.ni./mu.ke.te./shu.ppa.tsu./shi.ma.su.
出發前往美國。

問題解決に向けて努力しました。
mo.n.da.i.ka.i.ke.tsu.ni./mu.ke.te./do.ryo.ku./shi.
ma.shi.ta.
為了解決問題而努力了。

顔を上に向けます。
ka.o.o./u.e.ni./mu.ke.ma.su.
把臉向著上面。

燃える
mo. e. ru.

燃燒

解説

「燃える」是燃燒的意思，主詞是事物。

實用例句

家が燃えてしまいました。
i.e.ga./mo.e.te./shi.ma.i.ma.shi.ta.

房子燒掉了。

木造の家は燃えやすいです。
mo.ku.zo.u.no./i.e.wa./mo.e.ya.su.i.de.su.

木造房子很易燃。

紙はすぐに燃えます。
ka.mi.wa./su.gu.ni./mo.e.ma.su.

紙很易燃。

火が勢いよく燃えています。
hi.ga./i.ki.o.i.yo.ku./mo.e.te.i.ma.su.

火勢燒得很猛烈。

燃やす
も

mo. ya. su.

焚燒

解説

「燃やす」是焚燒的意思。

實用例句

紙くずを燃やします。
かみ　　　　も
ka.mi.ku.zu.o./mo.ya.shi.ma.su.

燒掉廢紙。

ろうそくを燃やします。
も
ro.u.so.ku.o./mo.ya.shi.ma.su.

點燃蠟燭。

落ち葉を燃やします。
お　ば　も
o.chi.ba.o./mo.ya.shi.ma.su.

焚燒落葉。

研究に情熱を燃やします。
けんきゅうじょうねつ　も
ke.n.kyu.u.ni./jo.u.ne.tsu.o./mo.ya.shi.ma.su.

點燃對研究的熱情。

もど
戻る
mo.do.ru.

回去

解説

「戻る」是回到、回歸的意思。

實用例句

会社に戻ります。
ka.i.sha.ni./mo.do.ri.ma.su.

回到公司。

私はかばんを取りに戻ります。
wa.ta.shi.wa./ka.ba.n.o./to.ri.ni./mo.do.ri.ma.su.

我為了拿包包而折返。

トップページに戻ります。
to.ppu.pe.e.ji.ni./mo.do.ri.ma.su.

回到首頁。

席に戻ってください。
se.ki.ni./mo.do.tte./ku.sa.sa.i.

請回到位子上。

もど
戻す
mo. do. su.

放回、歸回

解説

「戻す」是將事物放回、物歸原位的意思。

實用例句

使ったら元の場所に戻してください。
tsu.ka.tta.ra./mo.to.no./ba.sho.ni./mo.do.shi.te./
ku.da.sa.i.
使用過後請歸回原位。

設定を元に戻します。
se.tte.i.o./mo.to.ni./mo.do.shi.ma.su.
調回原本的設定。

この資料は月曜日までに戻します。
ko.no.shi.ryo.u.wa./ge.tsu.yo.u.bi./ma.de.ni./
mo.do.shi.ma.su.
這份資料請在星期一前歸還。

元の姿に戻します。
mo.to.no./su.ga.ta.ni./mo.to.shi.ma.su.
回到原本的模樣。

休まる
やす

ya.su.ma.ru.

放鬆

解説

「休まる」是放鬆的意思，常用的用法是「心が休まる」、「気が休まる」，即放鬆、得到安寧的意思。

實用例句

体が休まります。
からだ やす

ka.ra.da.ga./ya.su.ma.ri.ma.su.

身體感到放鬆。

何をしても心が休まりませんでした。
なに こころ やす

na.ni.o./shi.te.mo./ko.ko.ro.ga./ya.su.ma.ri.ma.se.n.de.shi.ta.

不管做什麼心靈都無法得到安寧。

音楽を聞くと心が休まります。
おんがく き こころ やす

o.n.ga.ku.o./ki.ku.to./ko.ko.ro.ga./ya.su.ma.ri.ma.su.

聽音樂會覺得心神安寧。

休める
やす

ya.su.me.ru.

放鬆、休息

解説

「休める」是使放鬆、讓…休息的意思。
やす

實用例句

体を休めます。
からだ　やす

ka.ra.da.o./ya.su.me.ma.su.

讓身體休息。

目を休めます。
め　　やす

me.o./ya.su.me.ma.su.

讓眼睛休息。

心を休めます。
こころ　やす

ko.ko.ro.o./ya.su.me.ma.su.

讓心靈放鬆。

健康回復のため体を休めます。
けんこうかいふく　　　　からだ　やす

ke.n.ko.u.ka.i.fu.ku.no./ta.me./ka.ra.da.o./ya.su.
me.ma.su.

為了恢復健康休養身體。

分^わかれる

wa. ka. re. ru.

分開、分別

解説

「分^わかれる」是分開、分別的意思。

實用例句

3^{さんだい}台の車^{くるま}に分^わかれて乗^のりました。

sa.n.da.i.no./ku.ru.ma.ni./wa.ka.re.te./no.ri.ma.shi.
ta.

分乗3台車。

意見^{いけん}が分^わかれます。

i.ke.n.ga./wa.ka.re.ma.su.

意見分歧。

商品^{しょうひん}は色別^{いろべつ}に分^わかれています。

sho.u.hi.n.wa./i.ro.be.tsu.ni./wa.ka.re.te.i.ma.su.

商品依顏色分類。

道^{みち}はそこで左右^{さゆう}に分^わかれます。

mi.chi.wa./so.ko.de./sa.yu.u.ni./wa.ka.re.ma.su.

道路在那裡分為左右兩邊。

分ける
わ

wa.ke.ru.

均分、分成

解説

「分ける」是把事物均分、分開的意思。
わ

實用例句

ケーキを 3 つに分けます。
みっ わ

ke.e.ki.o./mi.ttsu.ni./wa.ke.ma.su.

把蛋糕分成 3 份。

利益を分けます。
りえき わ

ri.e.ki.o./wa.ke.ma.su.

分配利益。

内容を節に分けます。
ないよう せつ わ

na.i.yo.u.o./se.tsu.ni./wa.ke.ma.su.

將內容分節。

それらを 3 人で分けます。
さんにん わ

so.re.ra.o./sa.n.ni.n.de./wa.ke.ma.su.

3 個人把那些分了。

わた
渡る
wa.ta.ru.

渡

解説

「渡る」是渡、經過的意思，通常是用在道路、橋梁等。

實用例句

河を渡ります。
ka.wa.o./wa.ta.ri.ma.su.

渡河。

橋を渡ります。
ha.shi.o./wa.ta.ri.ma.su.

渡橋。

徒歩で橋を渡ります。
to.ho.de./ha.shi.o./wa.ta.ri.ma.su.

徒歩渡橋。

私はその道を渡ります。
wa.ta.shi.wa./so.no.mi.chi.o./wa.ta.ri.ma.su.

我走那條路。

わた
渡す
wa.ta.su.
交付

解説

「渡す」是交付、給的意思。

實用例句

彼にお金を渡します。
ka.re.ni./o.ka.ne.o./wa.ta.shi.ma.su.
把金交給他。

入り口で切符を渡します。
i.ri.gu.chi.de./ki.ppu.o./wa.ta.shi.ma.su.
在入口處出示票券。

バトンを渡します。
ba.to.n.o./wa.ta.shi.ma.su.
交棒。

暇そうな人に業務を渡します。
hi.ma.so.u.na./hi.to.ni./gyo.u.mu.o./wa.ta.shi.
ma.su.
把工作交給看起來很閒的人。

割れる
わ

wa.re.ru.

破碎

解説

「割れる」是破碎、分裂的意思。
わ

實用例句

窓が割れています。
まど わ

ma.do.ga./wa.re.te./i.ma.su.

窗戶破了。

頭が割れるように痛いです。
あたま わ いた

a.ta.ma.ga./wa.re.ru.yo.u.ni./i.ta.i.de.su.

頭痛欲裂。

地面が乾きすぎて割れました。
じめん かわ わ

ji.me.n.ga./ka.wa.ki.su.gi.te./wa.re.ma.shi.ta.

地面乾得裂開了。

それは落としたら割れるでしょう。
お わ

so.re.wa./o.to.shi.ta.ra./wa.re.ru.de.sho.u.

那個掉地上的話就會碎吧。

割る
わ
wa.ru.
弄破

解説

「割る」是弄破、打破的意思。

實用例句

ボールをぶつけてガラスを割ってしまいました。

bo.o.ru.o./bu.tsu.ke.te./ga.ra.su.o./wa.tte./shi.ma.i.ma.shi.ta.

不小心用球把玻璃打破了。

コップを割ってしまいました。
ko.ppu.o./wa.tte./shi.ma.i.ma.shi.ta.

不小心打破杯子。

板を2つに割ります。
i.ta.o./fu.ta.tsu.ni./wa.ri.ma.su.

把板子弄破成2片。

壁にぶつかって額を割ってしまいました。
ka.be.ni./bu.tsu.ka.tte./hi.da.i.o./wa.tte./shi.ma.i.ma.shi.ta.

撞到牆壁把額頭撞破了。

焼ける
や

ya.ke.ru.

燒、烤

解説

「焼ける」是燒、烤的意思，主詞是事物。
や

實用例句

肉が焼けました。
にく や

ni.ku.ga./ya.ke.ma.shi.ta.

肉烤（煎）好了。

この肉はよく焼けていません。
にく や

ko.no.ni.ku.wa./yo.ku./ya.ke.te./i.ma.se.n.

這肉沒熟透。

パンがちょうどよく焼けました。
や

pa.n.ga./cho.u.do./yo.ku./ya.ke.ma.shi.ta.

麵包烤得剛好。

肌が日に焼けました。
はだ ひ や

ha.da.ga./hi.ni./ya.ke.ma.shi.ta.

皮膚被太陽晒黑。

焼く
ya. ku.

燒、烤

解説

「焼く」是煎、燒、烤物品的意思，主詞是人。

實用例句

炭火で魚を焼きます。
su.mi.bi.de./sa.ka.na.o./ya.ki.ma.su.
用炭火烤魚。

卵を焼きます。
ta.ma.go.o./ya.ki.ma.su.
煎蛋。

趣味はパンを焼くことです。
shu.mi.wa./pa.n.o./ya.ku.ko.to./de.su.
興趣是烤麵包。

塩をつけて焼きます。
shi.o.o./tsu.ke.te./ya.ki.ma.su.
沾鹽後再烤。

沸く
わ

wa. ku.

沸騰

解説

「沸く」是沸騰的意思。

實用例句

お湯が沸いています。
ゆ わ

o.yu.ga./wa.i.te./i.ma.su.

水滾了。

お湯が沸くのを待っています。
ゆ わ ま

o.yu.ga./wa.ku.no.o./ma.tte./i.ma.su.

等水滾。

お風呂が沸きました。
ふ ろ わ

o.fu.ro.ga./wa.ki.ma.shi.ta.

洗澡水好了。

彼の出現に場内が沸きました。
かれ しゅつげん じょうない わ

ka.re.no./shu.tsu.ge.n.ni./jo.u.na.i.ga./wa.ki.
ma.shi.ta.

他的出現令全場沸騰。

沸かす
わ

wa. ka. su.

煮沸、使沸騰

解説

「沸かす」是使沸騰、煮沸的意思。

實用例句

お湯を沸かします。
o.yu.o./wa.ka.shi.ma.su.
把水煮沸。

風呂を沸かします。
fu.ro.o./wa.ka.shi.ma.su.
煮洗澡水。

お茶をたてるときにお湯を沸かします。
o.cha.o./ta.te.ru.to.ki.ni./o.yu.o.wa.ka.shi.ma.su.
泡茶時要煮開水。

彼のパーフォーマンスは観客の血を沸かせま

す。
ka.re.no./pa.a.fo.o.ma.n.su.wa./ka.n.kya.ku.no./
chi.o./ka.wa.se.ma.su.
他的表演讓觀眾熱血沸騰。

見つかる
み

mi.tsu.ka.ru.

被找到

解説

「見つかる」是被發現、被找到的意思。

實用例句

あの星は簡単に見つかります。
ほし　かんたん　　　み

a.no./ho.shi.wa./ka.n.ta.n.ni./mi.tsu.ka.ri.ma.su.

那顆星星很容易就能被找到。

簡単に見つかると思います。
かんたん　み　　　　　　おも

ka.n.ta.n.ni./mi.tsu.ka.ru.to./o.mo.i.ma.su.

應該能很容易地被找到。

その銀行はすぐに見つかります。
ぎんこう　　　　　　み

so.no./gi.n.ko.u.wa./su.gu.ni./mi.tsu.ka.ri.ma.su.

那間銀行很快就能被找到。

あの植物は全国で見つかります。
しょくぶつ　ぜんこく　み

a.no./sho.ku.bu.tsu.wa./ze.n.ko.ku.de./mi.tsu.ka.ri.ma.su.

那個植物在全國都看得到。

見^みつける

mi.tsu.ke.ru.

尋找

解説

「見^みつける」是尋找事物的意思。

實用例句

誤^{あやま}りを見^みつけました。

a.ya.ma.ri.o./mi.tsu.ke.ma.shi.ta.

找到錯誤。

真実^{しんじつ}を見^みつけます。

shi.n.ji.tsu.o./mi.tsu.ke.ma.su.

找到真相。

新^{あたら}しい場所^{ばしょ}を見^みつけました。

a.ta.ra.shi.i./ba.sho.o./mi.tsu.ke.ma.shi.ta.

找到新地點。

仕事^{しごと}の適任者^{てきにんしゃ}を見^みつけました。

shi.go.to.no./te.ki.ni.n.sha.o./mi.tsu.ke.ma.shi.ta.

找到適合這個工作的人。

はい
入る
ha.i.ru.
進入

解説

「入る」是進入的意思，事物被添加了也可以用「入る」。

實用例句

部屋に入ります。
he.ya.ni./ha.i.ri.ma.su.
進入房間。

軍隊に入ります。
gu.n.ta.i.ni./ha.i.ri.ma.su.
入伍。

内に入ります。
u.chi.ni./ha.i.ri.ma.su.
進到裡面。

この飲み物に練乳が入っています。
ko.no./no.mi.mo.no.ni./re.n.nyu.u.ga./ha.i.tte./i.ma.su.
這飲料裡面加了煉乳。

入れる
_い

i.re.ru.

放入

解説

「入れる」是放入、加進的意思。

實用例句

瓶に水を入れます。
bi.n.ni./mi.zu.o./i.re.ma.su.

把水加進瓶子裡。

商品を倉庫に入れます。
sho.u.hi.n.o./so.u.ko.ni./i.re.ma.su.

把商品放到倉庫裡。

計算に入れます。
ke.i.sa.n.ni./i.re.ma.su.

加進去一起算。

電源を入れます。
de.n.ge.n.o./i.re.ma.su.

打開開關。(導入電源)

そだ
育つ

so. da. tsu.

長大

解説

「育つ」是被養育的意思。

實用例句

げんき　そだ
元気に育ちます。

ge.n.ki.ni./so.da.chi.ma.su.

健康地長大。

はな　やま　そだ
この花は山で育ちます。

ko.no./ha.na.wa./ya.ma.de./so.da.chi.ma.su.

這種花是種植在山裡的。

かれ　こうべ　そだ
彼は神戸で育ちました。

ka.re.wa./ko.u.be.de./so.da.chi.ma.shi.ta.

他是在神戸長大的。

どじょう　やさい　そだ
この土壌では野菜がよく育ちます。

ko.no./do.jo.u.de.wa./ya.sa.i.ga./yo.ku./so.da.chi.
ma.su.

植物在這種土裡長得特別好。

私藏
日語　單字學習書

育てる
そだ

so.da.te.ru.

養育

解説

「育てる」是養育、種植、培育的意思。

實用例句

彼は2人の子を育ています。
かれ ふた り こ そだ
ka.re.wa./fu.ta.ri.no./ko.o./so.da.te./i.ma.su.

他養著2個孩子。

庭で野菜を育てています
にわ やさい そだ
ni.wa.de./ya.sa.i.o./so.da.te.te./i.ma.su.

在院子種了菜。

運動選手を育てます。
うんどうせんしゅ そだ
u.n.do.u.se.n.shu.o./so.da.te.ma.su.

培育運動選手。

趣味は花を育てることです。
しゅみ はな そだ
shu.mi.wa./ha.na.o./so.da.te.ru.ko.to./de.su.

興趣是種花。

流れる
なが

na. ga. re. ru.

流

【解説】

「流れる」是物體流動的意思。
なが

【實用例句】

音が流れます。
おと　なが

o.to.ga./na.ga.re.ma.su.

聲音流洩。

鼻から汗が流れています。
はな　あせ　なが

ha.na.ka.ra./a.se.ga./na.ga.re.te./i.ma.su.

汗從鼻子流下來。

水がゆっくり流れています。
みず　　　　なが

mi.zu.ga./yu.kku.ri./na.ga.re.te./i.ma.su.

水緩緩地流著。

川は市内を流れています。
かわ　しない　なが

ka.wa.wa./shi.na.i.o./na.ga.re.te./i.ma.su.

河川流過市內。

流す
なが
na. ga. su.
流、放

解説

「流す」是使流動、沖掉、放的意思。

實用例句

涙を流します。
na.mi.da.o./na.ga.shi.ma.su.
流淚。

トイレの水を流します。
to.i.re.no./mi.zu.o./na.ga.shi.ma.su.
廁所沖水。(沖馬桶)

水を流して足を洗いました。
mi.zu.o./na.ga.shi.te./a.shi.o./a.ra.i.ma.shi.ta.
用水沖洗了腳。

風呂に入って汗を流しました。
fu.ro.ni./ha.i.tte./a.se.o./na.ga.shi.ma.shi.ta.
洗澡把汗沖掉。

なや
悩む
na. ya. mu.
煩惱

解説

「悩む」是煩惱、苦惱的意思。

實用例句

私は何をするか悩んでいます。
wa.ta.shi.wa./na.ni.o./su.ru.ka./na.ya.n.de./i.ma.
su.

我正煩惱要做什麼。

胃痛に悩みます。
i.tsu.u.ni./na.ya.mi.ma.su.

因胃痛而苦。

彼は仕事と家族のことで悩んでいます。
ka.re.wa./shi.go.to.to./ka.zo.ku.no.ko.to.de./na.ya.
n.de./i.ma.su.

因為了工作和家人的事而煩惱。

私は将来のことで悩んでいます。
wa.ta.shi.wa./sho.u.ra.i.no./ko.to.de./na.ya.n.de./
i.ma.su.

我為了將來的事情煩惱。

悩ます
なや

na. ya. ma. su.

使人煩惱

解説

「悩ます」是使人煩惱的意思，屬於他動詞。「為…所苦」則是「…に悩まされる」。

實用例句

敵を悩まします。
て き　　　なや

te.ki.o./na.ya.ma.shi.ma.su.

使敵人煩惱。

時々胃痛に悩まされています。
ときどきいつう　　　なや

to.ki.do.ki./i.tsu.u.ni./na.ya.ma.sa.re.te./i.ma.su.

時不時為胃痛所苦。

いたずら電話に悩まされています。
でんわ　　なや

i.ta.zu.ra./de.n.wa.ni./na.ya.ma.sa.re.te./i.ma.su.

為惡作劇電話所苦。

一晩中騒音に悩まされました。
ひとばんじゅうそうおん　なや

hi.to.ba.n.chu.u./so.u.o.n.ni./na.ya.ma.sa.re.ma.
shi.ta.

整晚都為噪音所苦。

濡れる

ぬ

nu. re. ru.

淋濕

解説

「濡れる」是被弄濕、被淋濕的意思。

實用例句

水にひどく濡れました。

mi.zu.ni./hi.do.ku./nu.re.ma.shi.ta.

被水淋得很濕。

雨に濡れました。

a.me.ni./nu.re.ma.shi.ta.

被雨淋濕。

そこは濡れるからこっちへ入ってください。

so.ko.wa./nu.re.ru.ka.ra./ko.cchi.e./ha.i.tte./ku.da.sa.i.

那裡會淋濕，請進來這裡。

濡れる覚悟で来ました。

nu.re.ru./ka.ku.go.de./ki.ma.shi.ta.

有著被淋濕的心理準備來的。

濡らす
ぬ
nu.ra.su.

弄濕

解説

「濡らす」是把東西弄濕、打濕的意思。

實用例句

水で手を濡らします。
み ず　て　ぬ
mi.zu.de./te.o./nu.ra.shi.ma.su.
用水把手沾濕。

子どもが床を濡らしました。
こ　　　　　ゆか　ぬ
ko.do.mo.ga./yu.ka.o./nu.ra.shi.ma.shi.ta.
小孩把床弄濕了（尿床）。

スポンジを水で濡らしました。
み ず　ぬ
su.po.n.ji.o./mi.zu.de./nu.ra.shi.ma.shi.ta.
用水把海棉沾濕。

髪を濡らさないようにします。
かみ　ぬ
ka.mi.o./nu.ra.sa.na.i.yo.u.ni./shi.ma.su.
小心不讓頭髮被弄濕。

残る
のこ
no. ko. ru.

留下、剩

解説

「残る」是留下、剩下的意思。

實用例句

まだ不安が残ります。
ma.da./fu.a.n.ga./no.ko.ri.ma.su.

還留有不安。

私はここに残ります。
wa.ta.shi.wa./ko.ko.ni./no.ko.ri.ma.su.

我要留在這裡。

今日は思い出に残る１日でした。
kyo.u.wa./o.mo.i.de.ni./no.ko.ru./i.chi.ni.chi./
de.shi.ta.

今天是留下深刻印象的１天。

お金が残っていますか？
o.ka.ne.ga./no.ko.tte./i.ma.su.ka.

還有錢嗎？

残す
のこ
no. ko. su.
遺留、剩下

解説

「残す」是保留、遺留、使剩下的意思。

實用例句

彼は財産を娘に残しました。
ka.re.wa./za.i.sa.n.o./mu.su.me.ni./no.ko.shi.
ma.shi.ta.

他把財產留給女兒。

子供を日本に残してアメリカに行きました。
ko.do.mo.o./ni.ho.n.ni./no.ko.shi.te./a.me.ri.ka.ni./
i.ki.ma.shi.ta.

把孩子留在日本，去了美國。

たくさんの問題が残されています。
ta.ku.sa.n.no./mo.n.da.i.ga./no.ko.sa.re.te./i.ma.
su.

還留有很多問題。

偉大なアーティストとして名を残しました。
i.da.i.na./a.a.ti.su.to./to.shi.te./na.o./no.ko.shi.
ma.shi.ta.

作為偉大的藝術家名留青史。

減る
he.ru.

減少

解説

「減る」是減少、變少的意思。

實用例句

会員数が減りました。
ka.i.i.n.su.u.ga./he.ri.ma.shi.ta.
會員減少了。

収益が減りました。
shu.u.e.ki.ga./he.ri.ma.shi.ta.
收入減少。

体重が減りました。
ta.i.ju.u.ga./he.ri.ma.shi.ta.
體重減輕了。

人口が減っています。
ji.n.ko.u.ga./he.tte./i.ma.su.
人口正在減少。

減らす
he.ra.su.

減少

解説

「減らす」是使減少、減量的意思。

實用例句

車の生産を減らします。
ku.ru.ma.no./se.i.sa.no./he.ra.shi.ma.su.
減少車子的生產量。

スタッフの給料を減らす
su.ta.ffu.no./kyu.u.ryo.u.o./he.ra.su.
降低工作人員的薪水。

お酒の量を減らします。
o.sa.ke.no./ryo.u.o./he.ra.shi.ma.su.
減少酒量。

運転回数を減らします。
u.n.te.n.ka.i.su.u.o./he.ra.shi.ma.su.
減少開車的次數。

まわ
回る
ma.wa.ru.
轉、旋轉

解説

「回る」是轉、旋轉、運轉的意思，屬於自動詞。

實用例句

つき ちきゅう まわ まわ
月は地球の周りを回ります。
tsu.ki.wa./chi.kyu.u.no./ma.wa.ri.o./ma.wa.ri.ma.su.
月球繞著地球轉。

はしら まわ に どまわ
柱の周りを2度回ります。
ha.shi.ra.no./ma.wa.ri.o./ni.do./ma.wa.ri.ma.su.
繞著柱子轉兩圈。

ひだり まわ
左にぐるぐる回ります。
hi.da.ri.ni./gu.ru.gu.ru./ma.wa.ri.ma.su.
向左轉啊轉的。

せんぷうき まわ
扇風機が回っています。
se.n.pu.u.ki.ga./ma.wa.tte./i.ma.su.
電風扇在轉動。

まわ
回す
ma.wa.su.
使轉動

解説

「回す」是使旋轉、使轉動、使運轉的意思，屬於他動詞。

實用例句

ハンドルを回します。
ha.n.do.ru.o./ma.wa.shi.ma.su.
轉動方向盤。

洗濯機を回します。
se.n.ta.ku.ki.o./ma.wa.shi.ma.su.
讓洗衣機運轉。

コマを回します。
ko.ma.o./ma.wa.shi.ma.su.
轉陀螺。

時計の針を１時のところまで回します。
to.ke.i.no.ha.ri.o./i.chi.ji.no.to.ko.ro.ma.de./ma.wa.
shi.ma.su.
把時鐘的時針調到１點的地方。

ぬ
抜ける
nu. ke. ru.
掉、脱落

Track 120

解説

「抜ける」是掉了、脱落的意思，屬於自動詞。

實用例句

歯が抜けました。
ha.ga./nu.ke.ma.shi.ta.
牙齒掉了。

最近髪の毛がよく抜けます。
sa.i.ki.n./ka.mi.no.ke.ga./yo.ku./nu.ke.ma.su.
最近常掉頭髮。

箱の底が抜けてしまいました。
ha.ko.no./so.ko.ga./nu.ke.te./shi.ma.i.ma.shi.ta.
箱子的底部破了。

取っ手が抜けました。
to.tte.ga./nu.ke.ma.shi.ta.
把手掉了。

抜く
ぬ

nu. ku.

拔

解説

「抜く」是拔、抽出的意思，屬於他動詞。

實用例句

歯医者さんに歯を抜いてもらいました。
はいしゃ　　　は　ぬ

ha.i.sha.sa.n.ni./ha.o./nu.i.te./mo.ra.i.ma.shi.ta.

讓牙醫拔牙。

ワインの栓を抜きます。
せん　ぬ

wa.i.n.no./se.n.o./nu.ki.ma.su.

拔開葡萄酒的塞子。

棚の本の中から1冊抜きました。
たな　ほん　なか　　いっさつぬ

ta.na.no./ho.n.no./na.ka.ka.ra./i.ssa.tsu./nu.ki.
ma.shi.ta.

從架上抽出一本書。

庭から雑草を抜きます。
にわ　　ざっそう　ぬ

ni.wa.ka.ra./za.sso.u.o./nu.ki.ma.su.

拔掉院子的雜草。

—— 編輯小叮嚀

把容易搞混的單字
連同例句一起練習

使用日文時不再害怕用錯單字

慣用語篇

気が合う
<ruby>気<rt>き</rt></ruby>が<ruby>合<rt>あ</rt></ruby>う

ki.ga.a.u.

合得來

解説

「<ruby>気<rt>き</rt></ruby>が<ruby>合<rt>あ</rt></ruby>う」是個性、磁場合得來的意思。

實用例句

<ruby>彼<rt>かれ</rt></ruby>らは<ruby>気<rt>き</rt></ruby>が<ruby>合<rt>あ</rt></ruby>います。

ka.re.ra.wa./ki.ga.a.i.ma.su.

他們很合得來。

<ruby>私<rt>わたし</rt></ruby>は<ruby>彼<rt>かれ</rt></ruby>とは<ruby>気<rt>き</rt></ruby>が<ruby>合<rt>あ</rt></ruby>いますね。

wa.ta.shi.wa./ka.re.to./ki.ga.a.i.ma.su.ne.

我和他很合得來。

<ruby>彼<rt>かれ</rt></ruby>らは<ruby>互<rt>たが</rt></ruby>いに<ruby>気<rt>き</rt></ruby>が<ruby>合<rt>あ</rt></ruby>うことがわかりました。

ka.re.ra.wa./ta.ga.i.ni./ki.ga.a.u.ko.to.ga./wa.ka.ri.ma.shi.ta.

他們發覺和彼此很合得來。

<ruby>彼<rt>かれ</rt></ruby>とは<ruby>不思議<rt>ふしぎ</rt></ruby>に<ruby>気<rt>き</rt></ruby>が<ruby>合<rt>あ</rt></ruby>います。

ka.re.to.wa./fu.shi.gi.ni./ki.ga.a.i.ma.su.

我和他不可思議地很合得來。

気^きがある

ki. ga. a. ru.

有心

解説

　　「気^きがある」是有心、對某事物有意思的意思，也可以用來說喜歡異性、對異性有意思。如果沒興趣的話，就是「気^きがない」。

實用例句

受^うけ入^いれる気^きがありますか？

u.ke.i.re.ru./ki.ga.a.ri.ma.su.ka.

有心要接受嗎？

本当^{ほんとう}に勉強^{べんきょう}する気^きがありますか？

ho.n.to.u.ni./be.n.kyo.u.su.ru./ki.ga./a.ri.ma.su.ka.

真的有心要念書嗎？

彼^{かれ}は彼女^{かのじょ}に気^きがあるらしいです。

ka.re.wa./ka.no.jo.ni./ki.ga.a.ru.ra.shi.i.de.su.

他好像對她有意思。

痩^やせる気^きがないのですか？

ya.se.ru./ki.ga.na.i.no./de.su.ka.

有心要瘦嗎？

気が多い
き　おお

ki.ga.o.o.i.

不專一

解説

「気が多い」是指見異思遷、見一個喜歡一個的意思。也可以用來形容人很花心。

實用例句

彼女は気が多い人です。
かのじょ　き　おお　ひと

ka.no.jo.wa./ki.ga./o.o.i./hi.to.de.su.

她總是不專一。

彼は気が多くて何にでも手を出します。
かれ　き　おお　なに　て　だ

ka.re.wa./ki.ga.o.o.ku.te./na.ni.ni.de.mo./te.o.da.shi.ma.su.

他喜歡的東西很多，看到什麼都想試一下。

彼は気が多くて、泣いた女は数知れないよう
かれ　き　おお　な　おんな　かずし

です。

ka.re.wa./ki.ga.o.o.ku.te./na.i.ta./o.n.na.wa./ka.zu.si.re.na.i./yo.u.de.su.

他總是見異思遷，不知讓多少女生哭泣。

気が利く
ki.ga.ki.ku.

機靈

解説

「気が利く」是做事很伶俐、機靈的意思。

實用例句

私は気が利いたことが言えません。
wa.ta.shi.wa./ki.ga./ki.i.ta.ko.to.ga./i.e.ma.se.n.
我說不出機靈好聽的話。

彼女は何事にも気が利いています。
ka.no.jo.wa./na.ni.go.to.ni.mo./ki.ga./ki.i.te./i.ma.su.
她無論做什麼事都很機靈。

彼は若いのに気が利いています。
ka.re.wa./wa.ka.i.no.ni./ki.ga.ki.i.te./i.ma.su.
他雖然很年輕卻很機靈。

あの子はなかなか気が利いています。
a.no.ko.wa./na.ka.na.ka./ki.ga./ki.i.te./i.ma.su.
那個孩子很機靈。

気が済む
き す

ki.ga.su.mu.

滿意

解説

「気が済む」是指做了某件事之後，心靈得到滿足、
覺得舒坦的意思。

實用例句

気が済むまでやってみたらどうですか？
き　す
ki.ga./su.mu.ma.de./ya.tte.mi.ta.ra./do.u.de.su.ka.

做到滿意為止怎麼樣？

医者に見て貰わないと気が済まないです。
いしゃ　み　もら　　　　　　　き　す
i.sha.ni./mi.te./mo.ra.wa.na.i.to./ki.ga.su.ma.
na.i.de.su.

不讓醫生診療一下心裡就不舒坦。

毎日散歩しないと気が済まないです。
まいにちさんぽ　　　　　　き　す
ma.i.ni.chi./sa.n.po.shi.na.i.to./ki.ga.su.ma.na.i.de.
su.

每天不散步就不舒服。

気がする
き

ki. ga. su. ru.

覺得

解説

「気がする」是覺得、感覺到某件事的意思。
き

實用例句

今日は飲みにいく気がしないです。
きょう　の　　　　　　　　　　き

kyo.u.wa./no.mi.ni.i.ku./ki.ga.shi.na.i.de.su.

今天沒有心情去喝酒。

雨が降りそうな気がします。
あめ　ふ　　　　　　　き

a.me.ga./fu.ri.so.u.na./ki.ga.shi.ma.su.

覺得好像要下雨了。

危ない気がします。
あぶ　　　　き

a.bu.na.i./ki.ga.shi.ma.su.

感覺到危險。

それを食べる気がしないです。
た　　　き

so.re.o./ta.be.ru./ki.ga.shi.na.i.de.su.

不想吃那個。

気が散る
き ち
ki.ga.chi.ru.

注意力被分散

解説

「気が散る」是注意力被分散了，無法專心的意思。

實用例句

気が散るからテレビを消して。
ki.ga.chi.ru.ka.ra./te.re.bi.o./ke.shi.te.
電視分散注意力，關掉吧。

彼らの話し声で気が散りました。
ka.re.ra.no./ha.na.shi.go.e.de./ki.ga.chi.ri.ma.shi.
ta.
他講話的聲音分散我的注意力。

彼は騒音で気が散って勉強できなかったで
す。
ka.re.wa./so.u.o.n.de./ki.ga.chi.tte./be.n.kyo.u./
de.ki.na.ka.tta.de.su.
他被噪音分散注意力，不能專心念書。

気が詰まる
ki.ga.tsu.ma.ru.
喘不過氣

解説

　　「気が詰まる」是呼吸困難、發悶的意思，也能用來形容氣氛很沉重讓人喘不過氣。

實用例句

皆 黙っていると気が詰まります。
mi.na./da.ma.tte.i.ru.to./ki.ga.tsu.ma.ri.ma.su.
大家都沉默的話會讓人喘不過氣。

会議室は気が詰まるから逃げて来ました。
ka.i.gi.shi.tsu.wa./ki.ga.tsu.ma.ru.ka.ra./ni.ge.te./
ki.ma.shi.ta.
在會議室讓人喘不過氣，所以逃到這裡。

彼と一緒にいると気が詰まります。
ka.re.to./i.ssho.ni./i.ru.to./ki.ga.tsu.ma.ri.ma.su.
和他在一起就覺得喘不過氣。

気が詰まる試合でした。
ki.ga.tsu.ma.ru./shi.a.i.de.shi.ta.
真是場讓人喘不過氣的比賽。

気が晴れる

ki. ga. /ha. re. ru.

舒坦

解説

「気が晴れる」是心情舒暢、舒坦的意思，也可以説「気分が晴れる」。

實用例句

散歩すると気が晴れます。
sa.n.po.su.ru.to./ki.ga.ha.re.ma.su.
散步後覺得心裡舒坦多了。

綺麗な庭を見ると気が晴れました。
ki.re.i.na./ni.wa.o./mi.ru.to./ki.ga.ha.re.ma.shi.ta.
看了漂亮的庭園覺得心情變得舒暢了。

言うだけ言って気が晴れました。
i.u.da.ke./i.tte./ki.ga.ha.re.ma.shi.ta.
把想説的説完，心裡感到舒坦了。

これでやっと気が晴れました。
ko.re.de./ya.tto./ki.ga./ha.re.ma.shi.ta.
這下終於感到心情舒坦了。

気が強い
ki. ga. /tsu. yo. i.

強硬

解説

「気が強い」是形容個性強硬、剛強、倔強；「気が弱い」則是形容沒有自信，容易屈服。

實用例句

彼は気が強いです。
ka. re. wa. /ki. ga. /tsu. yo. i. de. su.

他態度很強硬

彼は気が強い選手です。
ka. re. wa. /ki. ga. /tsu. yo. i. /se. n. shu. de. su.

他是態度很強硬的選手。

気が強い人が嫌いなんです。
ki. ga. /tsu. yo. i. /hi. to. ga. /ki. ra. i. /na. n. de. su.

我討厭倔強的人。

彼女は気が強いかもしれません。
ka. no. jo. wa. /ki. ga. tsu. yo. i. /ka. mo. shi. re. ma. se. n.

她可能很倔強。

気が短い
き　みじか

ki. ga. /mi. ji. ka. i.

沒耐性

解説

「気が短い」是指沒耐性，做什麼事都不持久。

實用例句

私は気が短いです。
わたし　き　みじか

wa.ta.shi.wa./ki.ga./mi.ji.ka.i.de.su.

我很沒耐性。

彼女は落ち着きがなく気が短いです。
かのじょ　お　つ　き　みじか

ka.no.jo.wa./o.chi.tsu.ki.ga./na.ku./ki.ga./mi.ji.ka.i.de.su.

她總是沉不住氣很沒耐性。

彼女はとてもきれいだけど気が短いのが玉に
かのじょ　き　みじか　たま

きずです。

ka.no.jo.wa./to.te.mo./ki.re.i.da.ke.do./ki.ga.mi.ji.ka.i.no.ga./ta.ma.ni./ki.zu.de.su.

她很漂亮但唯一的缺點就是沒耐性。

気が重い
ki.ga./o.mo.i.
沉重

解説

「気が重い」是感到沉重的意思。

實用例句

今朝はどうも気が重いです。
ke.sa.wa./do.u.mo./ki.ga.o.mo.i.de.su.
今天早上覺得氣氛很沉重。

今日は発表があるので気が重いです。
kyo.u.wa./ha.ppyo.u.ga./a.ru.no.de./ki.ga.o.mo.
i.de.su.
今天因為要發表，所以覺得心情沉重。

彼女が絶えず不平を言うので私は気が重いで

す。
ka.no.jo.ga./ta.e.zu./fu.he.i.o./i.u.no.de./wa.ta.shi.
wa./ki.ga.o.mo.i.de.su.
她不停地發牢騷，我也覺得很沉重。

気に入る
<ruby>気<rt>き</rt></ruby>に<ruby>入<rt>い</rt></ruby>る

ki.ni.i.ru.

喜歡

解説

「<ruby>気<rt>き</rt></ruby>に<ruby>入<rt>い</rt></ruby>る」是喜歡、中意的意思。

實用例句

<ruby>彼<rt>かれ</rt></ruby>はそれを<ruby>気<rt>き</rt></ruby>に<ruby>入<rt>い</rt></ruby>っています。

ka.re.wa./so.re.o./ki.ni./i.tte./i.ma.su.

他喜歡那個。

<ruby>私<rt>わたし</rt></ruby>は<ruby>彼女<rt>かのじょ</rt></ruby>はそれを<ruby>気<rt>き</rt></ruby>に<ruby>入<rt>い</rt></ruby>ると<ruby>思<rt>おも</rt></ruby>います。

wa.ta.shi.wa./ka.no.jo.wa./so.re.o./ki.ni.i.ru.to./o.mo.i.ma.su.

我覺得她應該喜歡那個。

<ruby>私<rt>わたし</rt></ruby>はそれをとても<ruby>気<rt>き</rt></ruby>に<ruby>入<rt>い</rt></ruby>っています。

wa.ta.shi.wa./so.re.o./to.te.mo./ki.ni./i.tte./i.ma.su.

我很喜歡那個。

きっと<ruby>彼女<rt>かのじょ</rt></ruby>もスペインがとても<ruby>気<rt>き</rt></ruby>に<ruby>入<rt>い</rt></ruby>りますよ。

ki.tto./ka.no.jo.mo./su.pe.i.n.ga./to.te.mo./ki.ni.i.ri.ma.su.yo.

我想她一定也會很喜歡西班牙。

気になる
き

ki.ni.na.ru.

在意

解説

「気になる」是在意、介意的意思。

實用例句

私は彼の事が気になります。
わたし かれ こと き
wa.ta.shi.wa./ka.re.no./ko.to.ga./ki.ni.na.ri.ma.su.
我很在意他的事。

気になることがあります。
き
ki.ni.na.ru./kok.to.ga./a.ri.ma.su.
有件事很在意。

それが少し気になっています。
すこ き
so.re.ga./su.ko.shi./ki.ni.na.tte./i.ma.su.
有點在意那個。

それが気になって仕方がありません。
き しかた
so.re.ga./ki.ni.na.tte./shi.ka.ta.ga./a.ri.ma.se.n.
在乎那件事在乎得不得了。

気のせい
ki.no.se.i.
搞錯

解説

「気のせい」是搞錯、看錯的意思，或是説人多慮了、多心了的意思。「気のせいだよ」是指對方想太多、多慮了的意思。

實用例句

気のせいか？
ki.no.se.i.ka.
我搞錯了嗎？

気のせいじゃない？
ki.no.se.i.ja.na.i.
應該是搞錯了吧？

私の気のせいかもしれません。
wa.ta.shi.no./ki.no.se.i./ka.mo.shi.re.ma.se.n.
説不定是我搞錯了。

気のせいだよ。
ki.no.se.i.da.yo.
你多慮了啦。

気を配る
き　くば

ki. o. /ku. ba. ru.

留神

解説

「気を配る」是留神、體貼的意思。

實用例句

けんこう　き　くば
健康に気を配っています。

ke.n.ko.u.ni./ki.o.ku.ba.tte./i.ma.su.

留意健康。

ひと　　　　　き　くば
人のために気を配ります。

hi.to.no./ta.me.ni./ki.o.ku.ba.ri.ma.su.

體貼別人。

ぎょうぎ　き　くば
もっと行儀に気を配ってください。

mo.tto./gyo.u.gi.ni./ki.o.ku.ba.tte./ku.da.sa.i.

多注意行為舉止。

かのじょ　　きゃく　き　くば
彼女はお客に気を配らなかったです。

ka.no.jo.wa./o.kya.ku.ni./ki.o.ku.ba.ra.na.ka.tta.
de.su.

她沒留意客人的需求。

気を落とす

ki.o./o.to.su.

喪氣

解説

「気を落とす」是灰心、喪氣的意思。

實用例句

彼はいかなる困難にであっても、気を落とす

ことはないです。

ka.re.wa./i.ka.na.ru./ko.n.na.ni./de.a.tte.mo./ki.o./
o.to.su.ko.to.wa./na.i.de.su.

他不管遇到什麼困難，都不會喪氣。

あまり気を落とさないでください。

a.ma.ri./ki.o./o.to.sa.na.i.de./ku.da.sa.i.

請不要太喪氣。

彼は試験に失敗して気を落としています。

ka.re.wa./shi.ke.n.ni./shi.ppa.i.shi.te./ki.o.o.to.shi.
te./i.ma.su.

他就算考得不好也不會喪氣。

気をつける
ki.o. /tsu. ke. ru.

小心

解説

「気をつける」是小心、注意的意思。

實用例句

気をつけてください。
ki.o./tsu.ke.te./ku.da.sa.i.
請小心。

風邪に気をつけてください。
ka.ze.ni./ki.o.tsu.ke.te./ku.da.sa.i.
請小心別感冒了。

言葉に気をつけてください。
ko.to.ba.ni./ki.o.tsu.ke.te./ku.da.sa.i.
請小心説話。

気をつけて帰ってください。
ki.o.tsu.ke.te./ka.e.tte./ku.da.sa.i.
回家路上請小心。

鼻が高い
はな　たか

ha. na. ga. /ta. ka. i.

驕傲

解説

「鼻が高い」是得意、自滿、驕傲的意思。
はな　たか

實用例句

弟 が正直なので私は鼻が高いです。
おとうとしょうじき　　　　わたし　はな　たか

o.to.u.to.ga./sho.u.ji.ki.na.no.de./wa.ta.shi.wa./
ha.na.ga./ta.ka.i.de.su.

因為弟弟很誠實，所以我感到很驕傲。

息子が成功すれば親は鼻が高いです。
むすこ　せいこう　　　　おや　はな　たか

mu.su.ko.ga./se.i.ko.u.su.re.ba./o.ya.wa./ha.na.
ga./ta.ka.i.de.su.

兒子成功的話，父母也會感到很驕傲。

私 はこの学校の学生であることは鼻が高いです。
わたし　　　　がっこう　がくせい　　　　　　　　はな　たか

wa.ta.shi.wa./ko.no.ga.kko.u.no./ga.ku.se.i.de.
a.ru.ko.to.wa./ha.na.ga./ta.ka.i.de.su.

我以身為這學校的學生為榮。

彼女は一等賞を取って鼻が高いです。
かのじょ　いっとうしょう　と　　　　　　はな　たか

ka.no.jo.wa./i.tto.u.sho.u.o./to.tte./ha.na.ga./ta.ka.
i.de.su.

她得到了特等獎覺得很驕傲。

口を出す
くち　だ

ku.chi.o./da.su.

開口説

解説

「口を出す」是開口説話、給意見、發表意見的意思，指對某件事情開口説出自己的想法。

實用例句

人のことに口を出すな。
ひと　　　　　くち　だ

hi.to.no./ko.to.ni./ku.chi.o./da.su.na.

不要管別人的事情。

彼は何にでも口を出します。
かれ　なに　　　　くち　だ

ka.re.wa./na.ni.ni.de.mo./ku.chi.o./da.sh.ma.su.

他不管什麼都要開口給意見。

なんでもかでも口を出さないで。
くち　だ

na.n.de.mo./ka.n.de.mo./ku.chi.o./da.sa.na.i.de.

不要什麼都説出口。

横から口を出しました。
よこ　　　くち　だ

yo.ko.ka.ra./ku.chi.o./da.shi.ma.shi.ta.

在旁邊插嘴（給意見）。

口に出す
ku.chi.ni./da.su.
説出口

解説

「口に出す」是説出口的意思，「口に出す」的受詞是事物本身。

實用例句

不平を口に出します。
fu.he.i.o./ku.chi.ni./da.shi.ma.su.
把不滿説出口。

それを口に出すのをためらいました。
so.re.o./ku.chi.ni./da.su.no.o./ta.me.ra.i.ma.shi.ta.
猶豫要不要説出口。

思わず口に出しました。
o.mo.wa.zu./ku.chi.ni./da.shi.ma.shi.ta.
不小心説溜嘴。

彼は秘密をうっかり口に出してしまいました。
ka.re.wa./hi.mi.tsu.o./u.kka.ri./ku.chi.ni./da.shi.te./shi.ma.i.ma.shi.ta.
他不小心把祕密説出來了。

顔を出す
かお　だ

ka.o.o./da.su.

露面

解説

「顔を出す」是露面、露臉的意思。
かお　だ

實用例句

ちょっと顔を出しておきます。
かお　だ

cho.tto./ka.o.o./da.shi.te./o.ki.ma.su.

去露個面。

彼女は窓から顔を出しました。
かのじょ　まど　　　かお　だ

ka.no.jo.wa./ma.do.ka.ra./ka.o.o./da.shi.ma.shi.ta.

她從窗戶探出頭來。

学校へちょっと顔を出してきます。
がっこう　　　　　　　かお　だ

ga.kko.u.e./cho.tto./ka.o.o./da.shi.te./ki.ma.su.

到學校露個面。

ようやく太陽が顔を出します。
たいよう　かお　だ

yo.u.ya.ku./ta.i.yo.u.ga./ka.o.o./da.shi.ma.su.

太陽終於露臉了。

顔に出す

かお　だ

ka. o. ni. da. su.

顯現在臉上

解説

「顔に出す」是心情顯現在臉上的意思。

實用例句

驚きを顔に出します。

おどろ　　かお　だ

o.do.ro.ki.o./ka.o.ni./da.shi.ma.su.

臉上露出驚訝的表情。

不満を顔に出します。

ふまん　かお　だ

fu.ma.n.o./ka.o.ni./da.shi.ma.su.

臉上露出不滿的神色。

彼はよく怒りを顔に出します。

かれ　　　いか　　かお　だ

ka.re.wa./yo.ku./i.ka.ri.o./ka.o.ni.da.shi.ma.su.

他生氣總是顯現在臉上。

怒りを顔にはっきり出します。

いか　　かお　　　　　だ

i.ka.ri.o./ka.o.ni./ha.kki.ri./da.sh.ma.su.

怒氣全寫在臉上。

尻尾を出す
しっぽ　　だ

shi.ppo.o./da.su.

露出馬腳

解説

「尻尾を出す」是露出尾巴的意思，用來比喻事蹟敗
しっぽ　だ

露，露出馬腳。

實用例句

彼は尻尾を出さないように努力しています。
かれ　　しっぽ　だ　　　　　　　　　　　　どりょく

ka.re.wa./shi.ppo.o./da.sa.na.i.yo.u.ni./do.ryo.
ku.shi.te./i.ma.su.

他為了不露出馬腳而努力。

彼はなかなか尻尾を出しませんね。
かれ　　　　　　しっぽ　だ

ka.re.wa./na.ka.na.ka./shi.ppo.o./da.shi.ma.se.
n.ne.

他不太會露出馬腳。

あんな不正を働きながらよく尻尾を出さない
ふせい　はたら　　　　　　　しっぽ　だ

でいられるものだ。

a.n.na./fu.se.i.o./ha.ta.ra.ki.na.ga.ra./yo.ku./shi.
ppo.o./da.sa.na.i.de./i.ra.re.ru.mo.no.da.

做這種不正當的勾當，竟然能不露出馬腳。

精を出す
せい　　だ

se. i. o. /da. su.

盡全力

解説

「精を出す」是指盡全力，竭盡全力的意思。

實用例句

仕事に精を出します。
しごと　せい　だ

shi.go.to.ni./se.i.o./da.shi.ma.su.

盡全力工作。

商売に精を出します。
しょうばい　せい　だ

sho.u.ba.i.ni./se.i.o./da.shi.ma.su.

盡全力做生意。

精を出して勉強します。
せい　だ　　べんきょう

se.i.o./da.shi.te./be.n.kyo.u.shi.ma.su.

盡全力用功念書。

彼は何か月もその仕事に精を出しています。
かれ　なん　げつ　　　しごと　せい　だ

ka.re.wa./na.n.ka.ge.tsu.mo./so.no.shi.go.to.ni./
se.i.o./da.shi.te./i.ma.su.

他花了好幾個月盡力在做那件工作。

手を出す
て　　　　だ

te.o.da.su.

插手

解説

「手を出す」是出手、插手的意思。

實用例句

政治に手を出しました。
せいじ　　て　だ

se.ji.ni./te.o.da.shi.ma.shi.ta.

插手政治。

株に手を出してしまいました。
かぶ　て　だ

ka.bu.ni./te.o.da.shi.te./shi.ma.i.ma.shi.ta.

忍不住出手玩股票。

手を出してはいけません。
て　だ

te.o.da.shi.te.wa./i.ke.ma.se.n.

不能插手。

株に手を出し大損をしました。
かぶ　て　だ　おおぞん

ka.bu.ni./te.o.da.shi./o.o.zo.n.o./shi.ma.shi.ta.

出手玩股票結果造成很大的損失。

耳に付く
みみ　　　つ

mi.mi.ni./tsu.ku.

刺耳

解説

「耳に付く」是指聽了不舒服、刺耳的意思。

實用例句

親の説教が耳に付きます。
おや　せっきょう　みみ　つ

o.ya.no./se.kkyo.u.ga./mi.mi.ni./tsu.ki.ma.su.

父母的教訓很刺耳。

彼の声が耳に付いています。
かれ　こえ　みみ　つ

ka.re.no./ko.e.ga./mi.mi.ni./tsu.i.te./i.ma.su.

他的聲音很刺耳。

波の音が耳に付いて眠れません。
なみ　おと　みみ　つ　　　ねむ

na.mi.no./o.to.ga./mi.mi.ni./tsu.i.te./ne.mu.re.ma.
se.n.

海浪的聲音很吵讓我無法入睡。

雨だれの音が耳に付いて眠れません。
あま　　　おと　みみ　つ　　　ねむ

a.ma.da.re.no./o.to.ga./mi.mi.ni./tsu.i.te./ne.mu.
re.ma.se.n.

被雨聲吵得無法入睡。

人目に付く
ひとめ　つ

hi.to.me.ni./tsu.ku.

醒目

解説

「人目に付く」是醒目、引人注意的意思。

實用例句

彼女のドレスは人目に付きます。
ka.no.jo.no./do.re.su.wa./hi.to.me.ni./tsu.ki.ma.su.

她的禮服很引人注目。

ここは質素で人目に付かない場所です。
ko.ko.wa./shi.sso.de./hi.to.me.ni./tsu.ka.na.i./
ba.sho.de.su.

這裡是很質樸不醒目的地方。

こんなところは人目に付きやすいです。
ko.n.na.to.ko.ro.wa./hi.to.me.ni./tsu.ki.ya.su.i./
de.su.

這地方很醒目。

目に付く
め　つ
me.ni.tsu.ku.
看到

解説

「目に付く」是映入眼簾的意思。也有醒目的意思。

實用例句

彼の家はすぐに目に付きます。
ka.re.no./i.e.wa./su.gu.ni./me.ni./tsu.ki.ma.su.
馬上就能看到他家。

目に付くものが欲しいものだ。
me.ni./tsu.ku.mo.no.ga./ho.shi.i.mo.no.da.
看到什麼都想要。

彼がすぐに目に付きました。
ka.re.ga./su.gu.ni./me.ni./tsu.ki.ma.shi.ta.
他馬上就看到了。

名前が目に付きます。
na.ma.e.ga./me.ni.tsu.ki.ma.su.
名字很醒目。

気が付く
ki.ga.tsu.ku.
發現

解説

「気が付く」是發現、注意到的意思。

實用例句

今それに気が付きました。
i.ma./so.re.ni./ki.ga./tsu.ki.ma.shi.ta.
現在才發現那件事。

家に着くまでそのことに気が付きませんでし

た。
i.e.ni./tsu.ku.ma.de./so.no.ko.to.ni./ki.ga.tsu.ki.ma.
se.n./de.shi.ta.
回到家之前都沒注意到那件事。

声を聞いて気が付きました。
ko.e.o./ki.i.te./ki.ga.tsu.ki.ma.shi.ta.
聽到聲音而注意到。

誰も気が付きませんでした。
da.re.mo./ki.ga.tsu.ki.ma.se.n./de.shi.ta.
誰都沒注意到。

胸を張る

むね　は

mu.ne.o. /ha.ru.

抬頭挺胸

解説

「胸を張る」是抬頭挺胸，也有理直氣壯的意思。

實用例句

胸を張って歩きます。
mu.ne.o./ha.tte./a.ru.ki.ma.su.

昂首闊步。

彼は偉そうに胸を張りました。
ka.re.wa./e.ra.so.u.ni./mu.ne.o./ha.ri.ma.shi.ta.

他自以為是地抬頭挺胸。

胸を張って堂々としていなさい。
mu.ne.o./ha.tte./do.u.do.u.to./shi.te./i.na.sa.i.

請抬頭挺胸堂堂正正地。

胸を張って故郷へ帰りました。
mu.ne.o./ha.tte./fu.ru.sa.to.e./ka.e.ri.ma.shi.ta.

抬頭挺胸地回到家鄉。

体を張る
からだ は

ka. ra. da. o. /ha. ru.

努力

解説

「体を張る」是很努力從事某件事的意思。
からだ は

實用例句

理想の実現に体を張りました。
りそう　じつげん　からだ　は

ri.so.u.no./ji.tsu.ge.n.ni./ka.ra.da.o./ha.ri.ma.shi.ta.

為了實現理想而努力。

その改革案に体を張って反対しました。
かいかくあん　からだ　は　　　　はんたい

so.no./ka.i.ka.ku.a.n.ni./ka.ra.da.o./ha.tte./ha.n.ta.
i.shi.ma.shi.ta.

強力反對那個改革案。

体を張って会社の名誉を守ります。
からだ　は　　　かいしゃ　めいよ　まも

ka.ra.da.o./ha.tte./ka.i.sha.no./me.i.yo.o./ma.mo.
ri.ma.su.

盡全力守護公司的名譽。

体を張って信念を貫きます。
からだ　は　　　しんねん　つらぬ

ka.ra.da.o./ha.tte./shi.n.ne.n.o./tsu.ra.nu.ki.ma.su.

努力貫徹信念。

我を張る
ga.o./ha.ru.

堅持己見

解説

「我を張る」是堅持己見的意思。

實用例句

彼は我を張り通しました。
ka.re.wa./ga.o./ha.ri.to.o.shi.ma.shi.ta.
他堅持己見。

彼女は我を張ってきかないです。
ka.no.jo.wa./ga.o./ha.tte./ki.ka.na.i.de.su.
她堅持己見不聽別人説。

そう我を張るな。
so.u./ga.o./ha.ru.na.
不要那麼堅持己見。

気が張る
ki. ga. /ha. ru.

緊張

解説

「気が張る」是緊張的意思。

實用例句

上司の前では気が張ります。
jo.u.shi.no./ma.e.de.wa./ki.ga.ha.ri.ma.su.

在上司面前就覺得緊張。

忙しいと気が張っています。
i.so.ga.shi.i.to./ki.ga.ha.tte./i.ma.su.

一忙起來就很緊張。

気が張っていたので少しも眠くなかったで

す。
ki.ga./ha.tte.i.ta./no.de./su.ko.shi.mo./ne.mu.
ku.na.ka.tta./de.su.

太緊張了一點都不想睡。

新しい仕事で彼は気が張っています。
a.ta.ra.shi.i./shi.go.to.de./ka.re.wa./ki.ga./ha.tte./
i.ma.su.

他因為新工作而緊張。

足を洗う
あし　あら

a.shi.o./a.ra.u.

金盆洗手

解説

「足を洗う」是金盆洗手，從某行業引退的意思。

實用例句

この世界から足を洗いたいです。
ko.no./se.ka.i.ka.ra./a.shi.o./a.ra.i.ta.i./de.su.

從那世界金盆洗手。

その仕事から足を洗いました。
so.no./shi.go.to.ka.ra./a.shi.o./a.ra.i.ma.shi.ta.

從那工作引退。

私は足を洗いたいと思っています。
wa.ta.shi.wa./a.shi.o./a.ra.i.ta.i.to./o.mo.tte./i.ma.su.

我想要金盆洗手。

悪い習慣から足を洗いました。
wa.ru.i./shu.u.ka.n.ka.ra./a.shi.o./a.ra.i.ma.shi.ta.

戒掉了壞習慣。

足を引っ張る
あし ひ ぱ

a.shi.o./hi.ppa.ru.

拖累

解説

「足を引っ張る」是扯後腿、拖累的意思。

實用例句

私がみんなの足を引っ張ってしまいました。
わたし あし ひ ぱ

wa.ta.shi.ga./nii.n.na.no./a.shi.o./hi.ppa.tte./shi.ma.i.ma.shi.ta.

我拖累大家了。

他人の足を引っ張るようなことはしないでく
たにん あし ひ ぱ

ださい。

ta.ni.n.no./a.shi.o./hi.ppa.ru./yo.u.na.ko.to.wa./shi.na.i.de./ku.da.sa.i.

請不要拖累其他人。

彼らは他人の足を引っ張ります。
かれ たにん あし ひ ぱ

ka.re.ra.wa./ta.ni.n.no./a.shi.o./hi.ppa.ri.ma.su.

他們總是拖累別人。

足を引っ張らないように頑張ります。
あし ひ ぱ がんば

a.shi.o./hi.ppa.ra.na.i.yo.u.ni./ga.n.ba.ri.ma.su.

為了不拖累別人而努力。

腹を割る
はら　　　わ

ha.ra.o./wa.ru.

坦誠

解説

「腹を割る」是對人坦白、開誠布公的講明自己的想
法。

實用例句

彼女と腹を割って話し合いました。
かのじょ　はら　わ　　はな　あ

ka.no.jo.to./ha.ra.o.wa.tte./ha.na.shi.a.i.ma.shi.ta.

和她坦誠相對談了話。

彼とは一度腹を割って話したいと思っていま
かれ　　　いちどはら　わ　　はな　　　　　おも

す。

ka.re.to.wa./i.chi.do./ha.ra.o.wa.tte./ha.na.shi.
ta.i.to./o.mo.tte./i.ma.su.

想要和他坦誠地說說話。

私はお酒がないと、腹を割って話すことが
わたし　　さけ　　　　　　　はら　わ　　はな

できないです。

wa.ta.shi.wa./o.sa.ke.ga./na.i.to./ha.ra.o.wa.tte./
ha.na.su.ko.to.ga./de.ki.na.i.de.su.

我不喝酒就沒辦法坦誠說心底話。

敬 語

篇

いらっしゃる
i. ra. ssha. ru.
來、去、在

解説

日語的敬語分為尊敬語和謙讓語，尊敬語是用於對方的動作；謙讓語是謙稱自己的動作。

「いらっしゃる」是「行く／来る／いる」的尊敬語，是來、去、在的意思；用在說對方的動作。

實用例句

いつ台湾にいらっしゃいましたか？
i.tsu./ta.i.wa.n.ni./i.ra.ssha.i.ma.shi.ta.ka.
請問您是什麼時候來台灣的？

今台湾に住んでいらっしゃいますか？
i.ma./ta.i.wa.n.ni./su.n.de./i.ra.ssha.i.ma.su.ka.
請問您現在住在台灣嗎？

田中さんもいらっしゃるのですか？
ta.na.ka.sa.n.mo./i.ra.ssha.ru.no./de.su.ka.
田中先生您也會來嗎？

長いことこちらにいらっしゃるんですか？
na.ga.i.ko.to./ko.chi.ra.ni./i.ra.ssha.ru.n.de.su.ka.
您在這裡待很久了嗎？

なさる

na.sa.ru.

做

解説

「なさる」是「する」的尊敬語，是「做」的意思；也是用在表示對方的動作。

實用例句

ご予約なさいましたか？
go.yo.ya.ku./na.sa.i.ma.shi.ta.ka.
請問你是否預約了？

日本にどのくらい滞在なさるおつもりです
か？
ni.ho.n.ni./do.no.ku.ra.i./ta.i.za.i.na.sa.ru./o.tsu.
mo.ri.de.su.ka.
您想在日本停留多久？

肉になさいますか、魚になさいますか？
ni.ku.ni./na.sa.i.ma.su.ka./sa.ka.na.ni./na.sa.i.ma.
su.ka.
想要肉還是魚？

召し上がる
め あ

me.shi.a.ga.ru.

享用

解説

「召し上がる」是「食べます／飲みます」的尊敬語，是享用、吃、喝的意思；用在表示對方的動作。

實用例句

お昼ごはんはもう召し上がりましたか？
ひる　　　　　　　　め あ

o.hi.ru./go.ha.n.wa./mo.u./me.shi.a.ga.ri./ma.shi.ta.ka.

請問您已經吃過午餐了嗎？

何を召し上がりますか？
なに　　め あ

na.ni.o./me.shi.a.ga.ri.ma.su.ka.

要吃什麼呢？

こちらで召し上がりますか？
　　　　　め あ

ko.chi.ra.de./me.shi.a.ga.ri.ma.su.ka.

在店內吃嗎？

もう少し召し上がりませんか？
　　すこ　め あ

mo.u.su.ko.shi./me.shi.a.ga.ri.ma.se.n.ka.

要不要再吃一點？

私藏日語 單字學習書

おっしゃる

o. ssha. ru.

説

解説

「おっしゃる」是「言う」的尊敬語，是「説」的意思；用在表示對方的動作。

實用例句

すみません、何とおっしゃいましたか？
su.mi.ma.se.n./na.n.to./o.ssha.i.ma.shi.ta.ka.
對不起，請問您説什麼？

もう一度おっしゃってくださいますか？
mo.u.i.chi.do./o.ssha.tte./ku.da.sa.i.ma.su.ka.
可以請您再説一次嗎？

お名前は何とおっしゃいますか？
o.na.ma.e.wa./na.n.to./o.ssha.i.ma.su.ka.
請問您叫什麼名字？

おっしゃるとおりです。
o.ssha.ru.to.o.ri.de.su.
您説得對。

ご存知
ぞんじ
go. zo. n. ji.
知道

解説

「ご存知」是「知っている」的尊敬語，是知道某件事的意思，用在表示對方的動作。

實用例句

らいしゅう かいぎ ぞんじ
来週の会議のことをご存知ですか？
ra.i.shu.u.no./ka.i.gi.no./ko.to.o./go.zo.n.ji./de.su.
ka.
請問您知道下星期要開會的事嗎？

みな ぞんじ
皆さんご存知ないですか？
mi.na.sa.n./go.zo.n.ji.na.i.de.su.ka.
大家不知道嗎？

じゅうぶん ぞんじ おも
十分ご存知とは思いますが…。
ju.u.bu.n./go.zo.n.ji.to.wa./o.mo.i.ma.su.ga.
我以為您已經了解了。

かれ く ぞんじ
彼がいつ来るかご存知ですか？
ka.re.ga./i.tsu.ku.ru.ka./go.zo.n.ji.de.su.ka.
您知道他什麼時候來嗎？

ご覧になる
go. ra. n. ni. /na. ru.

看

解説

「ご覧になる」是「見る」的尊敬語，是看見、看的意思；用來表示對方的動作。請對方看則是「ご覧ください」。

實用例句

この本もうご覧になりましたか？
ko.no./ho.n./mo.u./go.ra.n.ni./na.ri.ma.shi.ta.ka.
請問您看過這本書了嗎？

ご覧のとおり。
go.ra.n.no./to.o.ri.
如同您所看到的。

下の表をご覧下さい。
shi.ta.no./hyo.u.o./go.ra.n.ku.da.sa.i.
請看下方的表格。

今日はどの映画をご覧になりましたか？
kyo.u.wa./do.no./e.i.ga.o./go.ra.n.ni./na.ri.ma.shi.ta.ka.
請問您今天想看什麼電影呢？

くださる
ku.da.sa.ru.

給

解説

「くださる」是「くれる」的尊敬語。表示對方的動作，當對方施予我方恩惠、動作、物品等，都用「くださる」。

實用例句

来てくださってありがとうございます。
ki.te.ku.da.sa.tte./a.ri.ga.to.u./go.za.i.ma.su.
謝謝您前來。

先日送ったメールを受け取ってくださいましたか？
se.n.ji.tsu./o.ku.tta.me.e.ru.o./u.ke.to.tte./ku.da.sa.i.ma.shi.ta.ka.
前些日子寄的 mail 請問您已經收到了嗎？

少々お待ちくださいますか？
sho.u.sho.u./o.ma.chi./ku.da.sa.i.ma.su.ka.
可以請您稍等一下嗎？

お␣る
o.ru.

在

解説

「おる」是「いる」的謙讓語，是「在」意思，是謙
稱自己的動作。用法和「いる」相同。

實用例句

今日本におります。
i.ma./ni.ho.n.ni./o.ri.ma.su.
現在在日本。

出版社に勤めております。
shu.ppa.n.sha.ni./tsu.to.me.te./o.ri.ma.su.
在出版社工作。

ご用意しております。
go.yo.u.i.shi.te./o.ri.ma.su.
準備好了。

楽しみにしております。
ta.no.shi.mi.ni./shi.te.o.ri.ma.su.
很期待。

拝見する
ha. i. ke. n. su. ru.
看

解説

「拝見する」是「見る」的謙讓語，是看見的意思；
用於謙稱自己的動作。

實用例句

ちょっときっぷを拝見します。
cho.tto./ki.ppu.o./ha.i.ke.n.shi.ma.su.
請讓我看一下車票。

その資料を拝見しました。
so.no.shi.ryo.u.o./ha.i.ke.n.shi.ma.shi.ta.
我看了那個資料。

拝見することができて嬉しいです。
ha.i.ke.n.su.ru.ko.to.ga./de.ki.te./u.re.shi.i.de.su.
很高興能看到。

論文を拝見しました。
ro.n.bu.n.o./ha.i.ke.n.shi.ma.shi.ta.
拜讀過論文了。

もう
申す
mo. u. su.
説

解説

「申す」是「言う」的謙讓語，是説、講的意思；用來謙稱自己的動作。

實用例句

はじめまして、田中と申します。
ha.ji.me.ma.shi.te./ta.na.ka.to./mo.u.shi.ma.su.
你好，敝姓田中。

母がそう申しました。
ha.ha.ga./so.u./mo.u.shi.ma.shi.ta.
家母這麼説。

兄がよろしくと申しました。
a.ni.ga./yo.ro.shi.ku.to./mo.u.shi.ma.shi.ta.
家兄向您問好。

昨日、先生に申したとおりです。
ki.no.u./se.n.se.i.ni./mo.u.shi.ta./to.o.ri.de.su.
如同昨天和老師您説的。

申し上げる
もう　あ

mo.u.shi.a.ge.ru.

説

解説

　　「申し上げる」也是「言う」的意思，用法和「申す」相同，也帶有「表達」的意思。

實用例句

お願い申し上げます。
ねが　もう　あ

o.ne.ga.i./mo.u.shi.a.ge.ma.su.

拜託您了。

お喜び申し上げます。
よろこ　もう　あ

o.yo.ro.ko.bi./mo.u.shi.a.ge.ma.su.

祝福您。

お礼を申し上げます。
れい　もう　あ

o.re.i.o./mo.u.shi.a.ge.ma.su.

謝謝您。

結論を申し上げると。
けつろん　もう　あ

ke.tsu.ro.n.no./mo.u.shi.a.ge.ru.to.

結論是。

伺う
うかが

u. ka. ga. u.

拜訪、問

解説

「伺う」是「聞きます／家へ行きます」的謙讓語，
有詢問、耳聞、拜訪的意思。

實用例句

先生のお宅へ伺いました。
se.n.se.i.no./o.ta.ku.e./u.ka.ga.i.ma.shi.ta.

到老師的家拜訪。

その件に関しては部長から伺いました。
so.no.ke.n.ni./ka.n.shi.te.wa./bu.cho.u.ka.ra./u.ka.
ga.i.ma.shi.ta.

關於那件事，我從部長那邊聽說了。

3 名で伺う予定です。
sa.n.me.i.de./u.ka.ga.u./yo.te.i.de.su.

預定3個人前往拜訪。

そちらへ伺うことを楽しみにしています。
so.chi.ra.e./u.ka.ga.u.ko.to.o./ta.no.shi.mi.ni./shi.
te.i.ma.su.

很期待去拜訪。

お目^めにかかる

o.me.ni./ka.ka.ru.

會面

解説

「お目^めにかかる」是「会^あう」的謙讓語，是見面、會面的意思。用來謙稱自己的動作。

實用例句

こんなところでお目^めにかかるとは思^{おも}いません

でした。

ko.n.na./to.ko.ro.de./o.me.ni./ka.ka.ru.to.wa./
o.mo.i.ma.se.n.de.shi.ta.

沒想到會在這裡碰到您。

またお目^めにかかるのを楽^{たの}しみにしています。

ma.ta./o.me.ni./ka.ka.ru.no.o./ta.no.shi.mi.ni./shi.
te.i.ma.su.

很期待能再見到您。

お目^めにかかるのは２年^{にねん}ぶりですね。

o.me.ni./ka.ka.ru.no.wa./ni.ne.n.bu.ri./de.su.ne.

上次見到您已經是２年前了。

まい
参る
ma.i.ru.
去、來

解説

「参る」是「行きます/来ます」的謙譲語，是來、去的意思；用來謙稱自己的動作。

實用例句

来週また参ります。
ra.i.shu.u./ma.ta./ma.i.ri.ma.su.

下星期還要去（來）。

半年前日本に参りました。
ha.n.to.shi.ma.e./ni.ho.n.ni./ma.i.ri.ma.shi.ta.

半年前來到日本。

私は台湾から参りました。
wa.ta.shi.wa./ta.i.wa.n.ka.ra./ma.i.ri.ma.shi.ta.

我是從台灣來的。

お迎えに参ります。
o.mu.ka.e.ni.ma.i.ri.ma.su.

去接您。

いただく
i. ta. da. ku.
吃、接受

解説

「いただく」是「食_たべる／飲_のむ／もらう」的謙讓語，有吃、喝、接受的意思。用來謙稱自己的動作。

實用例句

先生_{せんせい}のお宅_{たく}で美味_{おい}しい料理_{りょうり}をいただきました。

se.n.se.i.no./o.ta.ku.de./o.i.shi.i./ryo.u.ri.o./i.ta.da.ki.ma.shi.ta.

在老師家吃了好吃的料理。

返答_{へんとう}をいただくまでは、お支払_{しはら}することができません。

he.n.to.u.o./i.ta.da.ku./ma.de.wa./o.shi.ha.ra.i.su.ru./ko.to.ga./de.ki.ma.se.n.

在收到您的回答前，我無法付款。

添削_{てんさく}していただくことはできますか？

te.n.sa.ku.shi.te./i.ta.da.ku.ko.to.wa./de.ki.ma.su.ka.

能請您幫我修改嗎？

いたす
i. ta. su.
做

解説

「いたす」是「する」的謙讓語，是「做」的意思，
用來謙稱自己的動作。

實用例句

らいしゅうたいぺい ひっこ
来週台北に引越しいたします。
ra.i.shu.u./ta.i.pe.i.ni./hi.kko.shi./i.ta.shi.ma.su.
下星期要搬到台北。

かんしゃ
感謝いたします。
ka.n.sha./i.ta.shi.ma.su.
感謝。

あんない
ご案内いたします。
go.a.n.na.i./i.ta.shi.ma.su.
介紹。

しつれい
失礼いたします。
shi.tsu.re.i./i.ta.shi.ma.su.
不好意思。

存じる
ぞん

zo.n.ji.ru.

知道

解説

「存じる」是「知っている」、「思っている」的謙讓語，是知道、覺得的意思；用來謙稱自己的動作。

實用例句

失敗だろうと存じます。
しっぱい　　　　　ぞん

shi.ppa.i./da.ro.u.to./zo.n.ji.ma.su.

知道可能會失敗。

ご親切ありがとう存じます。
しんせつ　　　　　　ぞん

go.shi.n.se.tsu./a.ri.ga.to.u./zo.n.ji.ma.su.

對於您的幫忙心存感激。

全く存じません。
まった　ぞん

ma.tta.ku./zo.n.ji.ma.se.n.

完全不知道。

お腹立ちは無理もないことかと存じます。
はらだ　　　むり　　　　　　　　　　ぞん

o.ha.ra.da.chi.wa./mu.ri.mo.na.i./ko.to.ka.to./
zo.n.ji.ma.su.

我知道您會生氣也不是沒有道理。

存じ上げる
ぞん　あ

zo.n.ji.a.ge.ru.

知道

解説

「存じ上げる」是「知る」、「思う」的謙讓語，用
法和「存じる」一樣。

實用例句

あの人を存じ上げてます。
ひと　　　ぞん　あ
a.no.hi.to.o./zo.n.ji.a.ge.te./ma.su.
知道那個人。

私はよく存じ上げておりません。
わたし　　　　　ぞん　あ
wa.ta.shi.wa./yo.ku./zo.n.ji.a.ge.te./o.ri.ma.se.n.
我不太清楚。

ご高名はよく存じ上げております。
こうめい　　　　　ぞん　あ
go.ko.u.me.i.wa./yo.ku./zo.n.ji.a.ge.te./o.ri.ma.su.
知道您的大名。

お気の毒に存じ上げます。
き　どく　ぞん　あ
o.ki.no.do.ku.ni./zo.n.ji.a.ge.ma.su.
感到無限同情。

國家圖書館出版品預行編目資料

私藏日語單字學習書 / 雅典日研所編著.
-- 初版. -- 新北市：雅典文化, 民103. 03
面 ； 公分. --（全民學日語 ； 28）
ISBN 978-986-5753-05-4(平裝附光碟片)
1. 日語 2. 詞彙

803. 12 　　　　　　　　　　103000137

全民學日語系列 **28**

私藏日語單字學習書

編著／雅典日研所
責編／許惠萍
美術編輯／林子凌
封面設計／蕭若辰

法律顧問：方圓法律事務所／涂成樞律師

總經銷：永續圖書有限公司
永續圖書線上購物網
www.foreverbooks.com.tw

CVS代理／美璟文化有限公司
TEL：（02）2723-9968
FAX：（02）2723-9668

出版日／2014年03月

雅典文化

出版社

22103　新北市汐止區大同路三段194號9樓之1
TEL　（02）8647-3663
FAX　（02）8647-3660

私藏日語單字學習書

雅致風靡　典藏文化

親愛的顧客您好，感謝您購買這本書。

為了提供您更好的服務品質，煩請填寫下列回函資料，您的支持
是我們最大的動力。

您可以選擇傳真、掃描或用本公司準備的免郵回函寄回，謝謝。

姓名：		性別：　□男　　□女	
出生日期：　　年　　月　　日		電話：	
學歷：		職業：　□男　　□女	
E-mail：			
地址：□□□			
從何得知本書消息：□逛書店 □朋友推薦 □DM廣告 □網路雜誌			
購買本書動機：□封面 □書名 □排版 □內容 □價格便宜			
你對本書的意見： 內容：□滿意□尚可□待改進　　編輯：□滿意□尚可□待改進 封面：□滿意□尚可□待改進　　定價：□滿意□尚可□待改進			
其他建議：			

總經銷：永續圖書有限公司

永續圖書線上購物網
www.foreverbooks.com.tw

您可以使用以下方式將回函寄回。

您的回覆，是我們進步的最大動力，謝謝。

① 使用本公司準備的免郵回函寄回。

② 傳真電話：（02）8647-3660

③ 掃描圖檔寄到電子信箱：

　　yungjiuh@ms45.hinet.net

沿此線對折後寄回，謝謝。

| 廣　告　回　信 |
| 基隆郵局登記證 |
| 基隆廣字第056號 |

`2 2 1 0 3`

 雅典文化事業有限公司　收
新北市汐止區大同路三段194號9樓之1

雅致風靡　典藏文化